JOSEPH CONRAD

EL CORAZÓN DE LAS TINIEBLAS

Ilustración de tapa:
Silvio Daniel Kiko

El Corazón de las tinieblas
es editado por
EDICIONES LEA S.A.
Av. Dorrego 330 C1414CJQ
Ciudad de Buenos Aires, Argentina.
E-mail: info@edicioneslea.com
Web: www.edicioneslea.com

ISBN: 978-987-718-672-7

Primera edición. Impreso en Argentina.
Enero de 2021. Oportunidades S. A.

Conrad, Joseph
  El corazón de las tinieblas / Joseph Conrad. - 1a ed. - Ciudad
Autónoma de Buenos Aires : Ediciones Lea, 2021.
  128 p. ; 23 x 15 cm. - (Novelas clásicas)

  ISBN 978-987-718-672-7

  1. Literatura. 2. Narrativa Inglesa. I. Título.
  CDD 823

Prólogo

Joseph Conrad, cuyo verdadero nombre era Józef Teodor Konrad Korzeniowski, fue un escritor y marino nacido en Berdichev, actual Berdychiv (Ucrania), el 3 de diciembre de 1857. Hijo de un poeta y fervoroso patriota polaco, el futuro literato relata que su primer contacto con el idioma inglés tuvo lugar a los ocho años, cuando su padre estaba traduciendo las obras de William Shakespeare. En 1869 y ya huérfano de ambos progenitores, queda al cuidado de un tío materno, quien se hace cargo de su educación y lo envía, primero, a un colegio en Cracovia y, luego, a otro en Suiza, hasta que en 1874 el joven parte hacia Marsella con la idea de hacerse a la mar. Fue así que, en un principio como pasajero y después con diversos cargos, viajó en varias ocasiones hacia las Indias Occidentales, Oriente y otros destinos, todo lo cual le proporcionaría ricas y variadas experiencias que volcaría en sus libros. En 1878 llega por primera vez al Reino Unido, país cuyo idioma luego llegaría a dominar de forma magistral.

En 1889 y de regreso en Londres de uno de sus viajes, interrumpe la escritura de *La locura de Almayer*, se traslada a Bruselas y, moviendo influencias, logra la comandancia de un barco de vapor que navegaba el río Congo. Ese periplo, que tendrá lugar al año siguiente, se constituiría en la base absoluta e indiscutible de *El corazón de las tinieblas*. Durante él, conoce de primera mano el horror de las crueldades con que el hombre blanco trataba a la población nativa, así como también las duras condiciones de vida que debía soportar el primero, cosas ambas que se describen a lo largo de la mayor parte del relato. En cuanto a lo personal, esa travesía supuso para él un verdadero *shock* psicológico y espiritual, al tiempo que también afectó su salud legándole fiebres recurrentes y una gota que sufriría hasta el fin de sus días. Su estancia en esa región africana no se prolongó más que unos meses y retornó a Inglaterra hacia principios de 1891.

En 1895 se casó con Jessie George, una joven de veintidós años, con quien tuvo dos hijos y posteriormente residió casi sin excepción en el sudeste de Inglaterra, donde falleció el 3 de agosto de 1924.

Algunos de sus títulos más conocidos, además del que nos ocupa, son *Lord Jim*, *Nostromo* y *El agente secreto*.

El corazón de las tinieblas

El corazón de las tinieblas (*Heart of darkness*) es la obra más famosa y a la vez más enigmática de Joseph Conrad. Su nombre alude al centro-corazón de África, el continente oscuro, pero también metaforiza aquello que es tenebroso y corrupto en el hombre. Es la historia de un periplo iniciático hacia lo salvaje y el principio de la Creación, pero también en dirección al núcleo lóbrego que habita en el interior de todo ser humano.

Esta novela corta fue publicada, primero, en entregas periódicas entre febrero y abril de 1899 en la revista inglesa *Blackwood* y, luego, en 1902 en formato de libro en el volumen *Youth* junto a otras dos narraciones breves.

¿Cuál es el tema, de qué trata este sombrío y magistral relato? Según algunos críticos literarios, de la crueldad de la "misión" civilizatoria del colonialismo europeo en África. Con posterioridad a la Revolución Industrial, durante el siglo XIX, el capitalismo de Europa necesitaba expandirse hacia regiones que le proporcionaran las materias primas necesarias para su producción. Es así que hacia finales de 1884 y principios de 1885, las grandes potencias prácticamente se reparten el territorio africano a partir de lo acordado en la Conferencia de Berlín, lo cual supuso, entre otras consecuencias, que entre 1885 y 1908 el Congo fuera administrado por el rey Leopoldo II de Bélgica, en una suerte de "colonia personal", bajo el nombre de Estado Libre del Congo o Estado Independiente del Congo. Durante ese período la zona fue explotada de manera sistemática e indiscriminada (en especial para obtener caucho y marfil), y sus habitantes sometidos a un régimen de esclavitud y terror que llegó a atroces extremos de crueldad, tales como efectuar asesinatos en masa y mutilar miembros. De hecho, las manos cortadas pasaron a ser el símbolo más conocido de la brutalidad belga en ese lugar del planeta, ya que circularon fotografías que mostraban a un nativo exhibiendo su muñón, a veces con un europeo a su lado o hasta sosteniéndole el brazo. Cuando, por divulgación y presión de la opinión pública, todo ello poco a poco se fue conociendo, el rey renunció a su dominio personal y el territorio en cuestión pasó a ser colonia de ese país, bajo el nombre de Congo Belga. No hay cifras cien por ciento certeras acerca del número de víctimas durante el período 1885-1908, pero se supone que implicó la muerte de entre diez y quince millones de personas. Y, a pesar de que la palabra *Congo* jamás se menciona a lo largo del texto, se considera y hasta se asegura que el autor recreó en él su peripecia por el río del mismo nombre. Sin embargo, pese a que la atmósfera selvática –la selva, tal como veremos más adelante, es junto con el río un personaje muy importante– y los episodios de crueldad de los colonos hacia los nativos funcionan como telón de fondo constante, lo cierto es que, más allá de esa tematización evidente, provoca en el individuo que lo emprende. Concretamente, antes de comenzar a contar su historia, Marlow adelanta que su aventura "arrojó una especie de luz sobre todo lo que me rodeaba y sobre mis ideas". De forma similar, el mismo Conrad había afirmado en su momento: "Antes del Congo, yo era un simple animal".

La estructura de *El corazón de las tinieblas* es la del relato dentro del relato, lo cual supone dos narradores. Uno de ellos, anónimo, que nos introduce a un grupo de hombres que se encuentra en la cubierta de un barco a la espera de un cambio de marea que le permita zarpar a la nave. El otro, un integrante de ese grupo, Charlie Marlow —*alter ego* del escritor— que es depositario del conocido recurso del personaje narrador y procede a contar una travesía que efectuó años atrás por un río tropical africano en busca de un tal Kurtz, jefe de una estación de explotación de marfil, y personaje legendario que parecía haber roto con los límites de la vida social y de la moral, tal como eran entendidas en la Europa de aquella época. De ese modo, el lector casi se convierte en uno más de los presentes en la cubierta de la embarcación escuchando/ leyendo la historia.

Uno de los personajes de la novela es, sin duda y tal como lo adelantamos, la selva, esa espesura amenazante y misteriosa que el autor no se cansa de retratar con pluma magistral una y otra vez para, de esa manera, ir logrando una descripción tan vasta y profunda como caleidóscopica. Su jungla, la que emerge de sus páginas es, al mismo tiempo, tan real como alucinada y fantasmagórica. Tal vez, uno de los fragmentos donde queda más en evidencia la maestría descriptiva del literato que nos ocupa, sea el siguiente: "Remontar el río era como regresar a los inicios de la Creación, cuando la vegetación se agolpaba sobre la tierra y los grandes árboles eran verdaderos reyes. Una corriente vacía, un silencio enorme, una espesura impenetrable. El aire era cálido, denso, pesado, apático. No había ninguna alegría en el resplandor del sol. (…) Aquella quietud no se parecía en lo más mínimo a la paz. Era la inmovilidad de una fuerza implacable que meditaba melancólicamente acerca de algún propósito enigmático. Te observaba con aire vengativo. (…) La tierra no parecía la tierra. Nos hemos acostumbrado a ver al monstruo encadenado y vencido, pero allí uno podía verlo aborrecible y en libertad. Era algo sobrenatural". La magnífica forma que tiene Conrad de describir a la selva se basa, en buena medida, en que apunta a múltiples sentidos, dando como resultado una presentación ambiental multisensorial que, de modo magistral, nos hace ver, oír y experimentar a través de los sentidos aquello que nos es dado a través de la palabra escrita. Por supuesto, lo visual no deja de estar presente, pero lo auditivo también resulta por demás potente y ofrece indicios fundamentales, así como también lo hace el aspecto climático que es asimismo un dato que se repite para crear una atmósfera tan completa como es posible. Tan solo como es posible. Porque la completud en sentido estricto resulta inasequible y así nos lo hace ver el autor. En *El corazón de las tinieblas* y en esa selva que va construyendo página a página siempre hay algo último que es ininteligible, que no puede ser entendido ni aprehendido, que se escapa, que se fuga. Quizás tal como huye –desde el punto de vista metafórico– Kurtz, ese personaje mítico que se va construyendo a partir de descripciones, fragmentos de anécdotas y parciales retratos de quienes lo conocieron –y en varios casos lo admiraron sin límite– en la plenitud de su vida y antes de caer en la locura, todo lo cual va armando una suerte de collage que tampoco termina de cerrar, de ser un todo homogéneo. Porque si hay algo que insiste en este texto, es la ausencia, la presencia escamoteada, la oscuridad que permite entrever pero imposibilita tener una visión clara, real y acabada.

Ahora, queda en el lector el aceptar la invitación de esta novela, efectuar ese recorrido moroso e inquietante que recuerda Marlow y comenzar a adentrarse él también en el corazón de las tinieblas.

Rosa Gómez Aquino

EL CORAZÓN DE LAS TINIEBLAS

I

La Nellie, un bergantín de tonelaje considerable, se balanceó hacia el ancla sin un aleteo de las velas y quedó inmóvil. Se había producido un anegamiento, casi no soplaba viento y, puesto que debía dirigirse río abajo, no podía hacer otra cosa más que detenerse y aguardar el cambio de la marea.

El estuario del Támesis se extendía ante nosotros como el inicio de un interminable camino de agua. A lo lejos, el mar y el cielo se soldaban uno con otro sin dejar ni un resquicio y en el luminoso espacio las velas curtidas de las barcazas que flotaban parecían inmóviles, agrupadas en rojos racimos de lonas puntiagudas, con destellos del barniz de las botavaras. La bruma descansaba en las orillas bajas que, desvaneciéndose con languidez, llevaban hasta el mar. El cielo estaba oscuro sobre Gravesend y más allá parecía condensarse en una aciaga penumbra que se cernía inmóvil por encima de la mayor y más importante ciudad de la tierra.

El director de la compañía era a la vez nuestro capitán y nuestro anfitrión. Nosotros cuatro contemplábamos con afecto su espalda mientras estaba en la proa mirando hacia el mar. No había nada en todo el río que tuviera un aspecto tan marino. Parecía un piloto, lo que para un hombre de mar es la personificación de aquello en lo que se puede confiar. Era difícil comprender que su oficio no se encontraba allí, en el luminoso estuario, sino detrás, dentro de la amenazante oscuridad.

Entre nosotros existía, como ya he dicho en alguna parte, el vínculo del mar, lo que, además de mantener nuestros corazones unidos durante prolongados períodos de separación, tenía la virtud de tornarnos tolerantes con las historias de los demás e inclusive con sus convicciones. El abogado —el mejor de los camaradas– disponía, debido a sus muchos años y no menos virtudes, del único almohadón en cubierta y estaba tendido encima de la única manta. El contable ya había sacado una caja de dominó y jugueteaba haciendo construcciones con las fichas. Marlow estaba sentado hacia la popa con las piernas cruzadas, apoyado en el palo de mesana. Tenía las mejillas hundidas, el cutis amarillento, la espalda erguida, el aspecto ascético y, con los brazos caídos y las palmas de las manos vueltas hacia fuera, parecía una especie de ídolo. El director, satisfecho de que el ancla hubiera quedado bien sujeta, se dirigió hacia nosotros y tomó asiento. Intercambiamos algunas palabras sin demasiadas ganas. Luego se hizo el silencio. Por alguna razón no dábamos comienzo a la partida de dominó. Nos sentíamos meditabundos y dispuestos tan solo a una plácida actitud contemplativa. El día llegaba a su fin con una serenidad de tranquilo y exquisito fulgor. El agua brillaba pacíficamente; el cielo, sin una nube, era una inmensidad benéfica de luz inmaculada; la misma niebla sobre los pantanos de Essex parecía una liviana gasa que colgaba de las pendientes boscosas del interior y envolvía la parte baja del río en diáfanos pliegues. Tan solo la penumbra al oeste, cerniéndose sobre las partes altas, se hacía más sombría cada minuto, como molesta por la cercanía del sol.

Y por fin, en un imperceptible y elíptico crepúsculo, el sol bajó cambiando de un blanco incandescente a un rojo pálido sin rayos y sin calor, como si fuera a desaparecer de pronto, herido de muerte por aquellas tinieblas que se cernían por encima de una muchedumbre de seres humanos.

Inmediatamente se produjo un cambio sobre las aguas y la serenidad se volvió menos brillante pero más profunda. El viejo río descansaba sin una ola en toda su anchura al declinar el día. Luego de siglos de prestar buenos servicios a la raza que poblaba sus orillas, se extendía con la tranquila dignidad de un curso de agua que lleva a los más remotos confines de la tierra. Observábamos la venerable corriente no con el intenso calor de un corto día que llega y se esfuma para siempre, sino bajo la augusta luz de los recuerdos perennes. Y por supuesto nada es más fácil para un hombre que, como suele decirse, ha "surcado los mares" con afecto y veneración, que evocar el gran espíritu del pasado en la zona baja del Támesis. La marea, en su flujo y reflujo constantes, rinde sin interrupción sus servicios poblada por los recuerdos de barcos y hombres a los que ha llevado al descanso del hogar o a las penalidades y batallas del mar. Ha conocido y servido a todos los hombres que han honrado la nación, desde sir Francis Drake hasta sir John Franklin, caballeros todos ellos, con título o sin él, los grandes caballeros errantes del mar. Ha transportado a todos los navíos cuyos nombres son como alhajas destellantes en la noche de los tiempos, desde el Golden Hind, que volvió pletórico de tesoros para ser visitado por su alteza la reina y pasar a formar parte de un relato colosal, hasta el Erebus y el Terror, destinados a otras conquistas de las que jamás regresaron. Ha conocido a los barcos y a los hombres. Zarpaban de Deptford, de Greenwich, de Erith... los aventureros y los colonos; los barcos del rey y los navíos de las casas de contratación; los capitanes, los almirantes, los intrusos del comercio oriental y los "generales" comisionados en las flotas de las Indias Orientales. Buscadores de fama o fortuna, todos habían partido de esa corriente empuñando la espada y, a veces, la antorcha, mensajeros del poder de tierra firme, portadores de una chispa del fuego sagrado. ¡Qué grandeza no habrá flotado en el reflujo del río hacia el misterio de tierras desconocidas! Los sueños de los hombres, las semillas de las colonias, el germen de los imperios.

El sol se puso. La oscuridad descendió sobre las aguas y comenzaron a aparecer luces a lo largo de la orilla. El faro de Chapman, un artilugio erigido encima de un trípode en una marisma, brillaba con fuerza. Las luces de los barcos se movían por el canal, una potente vibración luminosa iba de arriba hacia abajo. Más al oeste, en la parte alta, el lugar ocupado por la monstruosa ciudad se marcaba de manera ominosa en el cielo, convertida, la que había sido una amenazante oscuridad a la luz del sol, en un pálido resplandor bajo las estrellas.

—También este —dijo de pronto Marlow— ha sido uno de los lugares más tenebrosos de la tierra.

De entre nosotros, él era el único que seguía "surcando los mares". Lo peor que podía decirse de él es que no era un buen representante de su clase. Por supuesto, era un marino, pero también un vagabundo, mientras que la mayoría de los marinos lleva, si así se puede decir, una vida sedentaria. Sus mentes tienden a quedarse en sus casas y su hogar, el barco, siempre está con ellos, igual que lo está su país, el mar. Un barco no es muy distinto a otro y el mar es siempre el mismo. Ante la inmutabilidad que los rodea, las costas exóticas, los rostros extranjeros, la cambiante inmensidad de la vida se desliza imperceptiblemente velada, no por un sentimiento de misterio, sino de ignorancia un tanto desdeñosa, pues nada hay tan misterioso para un marino como el mar, que es el dueño de su vida y tan insondable como el propio destino. Por lo demás, un paseo sin rumbo luego de las horas de trabajo o una diversión ocasional en tierra firme sirven para develarle los secretos de todo un continente y, por lo general, no cree que haya valido la pena conocerlos. Esa es la razón por la que los relatos de los marinos poseen una sencillez directa y toda su significación podría encerrarse en el interior de una cáscara de nuez. Sin embargo, Marlow no era un marino típico (si exceptuamos su afición a contar historias) y, para él, el sentido de un relato no permanecía en el interior, como una nuez, sino en el exterior, rodeando la narración, y solo se hacía evidente como una neblina al ser atravesada por un resplandor, semejante a uno de esos halos vaporosos que a veces hace visibles la espectral luz de la luna.

Su observación no nos sorprendió en lo más mínimo. Era muy propia de Marlow y fue aceptada en silencio. Nadie se tomó siquiera la molestia de refunfuñar y, casi en el acto, prosiguió muy despacio.

—Estaba pensando en épocas remotas, cuando los romanos llegaron aquí por primera vez, hace mil novecientos años, el otro día… La luz emanó de este río desde entonces. ¿Qué decía caballeros? Sí, como un fuego que corre por una llanura, como un relámpago que ilumina el cielo. Vivimos bajo esa llama temblorosa. ¡Ojalá perdure mientras gire esta vieja tierra! Pero la oscuridad reinaba aquí ayer mismo. Imaginen las emociones del comandante de una de esas excelentes… ¿cómo se llamaban?… trirremes, en el Mediterráneo, al que de repente se le ordenara dirigirse hacia el norte. Después de atravesar las Galias a toda prisa y ponerse al mando de una de esas embarcaciones que, si hay que dar crédito a lo que hemos leído, los legionarios, sin duda hombres extraordinariamente diestros, construían de a cientos en un mes o dos. Imagínenlo aquí, el mismísimo fin del mundo, un mar del color del plomo, un cielo del color del humo, un barco tan fuerte como un acordeón, remontando el río con mercancías, pedidos comerciales o lo que ustedes prefieran. Bancos de arena, marismas, bosques, salvajes. Sin los alimentos a los que está acostumbrado un hombre civilizado, sin nada para beber más que el agua del Támesis. Ni vino de Falerno ni posibilidades de acercarse a la orilla. De vez en cuando, un campamento militar perdido en la espesura como una aguja en un pajar. Frío, niebla, bruma, tempestades, enfermedades, exilio, muerte. La muerte acechando en la maleza, en el agua, en el aire. Aquí debieron de morir como moscas. Nuestro comandante debió haber pasado por todo eso y muy bien además, sin pensar demasiado en ello, excepto tal vez más tarde para contar con jactancia lo que algún día había tenido que pasar. Era lo suficientemente hombre como para enfrentarse a la oscuridad. Y tal vez, si tenía buenos amigos en Roma y era capaz de sobrevivir al terrible clima, se animara pensando en la posibilidad de ser trasladado más tarde a la flota de Ravena. También podríamos pensar en un joven y honrado ciudadano ataviado con su toga (quizá demasiado aficionado a los dados, ya saben lo que quiero decir), llegado hasta aquí en la comitiva de algún prefecto o recaudador de impuestos o incluso de un comerciante, esperanzado de rehacer su fortuna. Desembarcar en una zona pantanosa, atravesar bosques y, en algún campamento del interior, sentir cómo el salvajismo, el salvajismo más extremo lo rodea; toda esa existencia misteriosa de la selva que se agita en los bosques, en las junglas, en el corazón del hombre salvaje. No existe la iniciación para tales misterios. Ha de vivir en medio de lo incomprensible, que es a la vez detestable. Y hay además en ello una fascinación, una fascinación que empieza a tener efecto sobre él. La fascinación de lo abominable. Imagínense el pesar que crece, el deseo de escapar, la repugnancia impotente, la claudicación, el odio.

Hizo una pausa.

–Fíjense –volvió a comenzar, extendiendo el brazo con la palma de la mano hacia fuera, de forma que, con las piernas cruzadas, adoptaba la pose de un Buda que predicara vestido a la europea y sin flor de loto–, fíjense que ninguno de nosotros sentiría exactamente eso. A nosotros nos salva la eficiencia, el culto a la eficiencia. Pero aquellos tipos en realidad tampoco debían valer mucho. No eran colonizadores; imagino que su administración no era más que pura opresión. Eran conquistadores, y para eso no hace falta más que fuerza bruta, nada de lo que uno pueda vanagloriarse, pues esa fuerza no es más que una casualidad, resultado tan solo de la debilidad de los otros. Tomaron lo que pudieron tomar, tan solo por el valor que pudiera tener. Aquello fue solo robo con violencia, asesinatos a gran escala, con agravantes. Y hacían todo ello ciegamente, un modo muy adecuado para quienes se encuentran en la oscuridad. La conquista de la tierra, algo que básicamente consiste en arrebatársela a aquellos que tienen otro color de piel o narices un poco más aplastadas que las nuestras, no resulta nada agradable cuando uno se para a pensarlo con detenimiento. Tan solo la idea la redime. Tener detrás una idea, no una pretensión sentimental, sino una idea. Y una creencia desinteresada en la idea, en algo que se pueda enarbolar, ante lo que inclinarse y a lo que ofrecer sacrificios…

Se interrumpió. Por el río se deslizaban luces como pequeñas llamas: verdes, rojas, blancas, persiguiéndose, adelantándose, reuniéndose y cruzándose unas con otras, para separarse a continuación de modo lento o con gran rapidez. El tráfico de la gran ciudad proseguía por el ajetreado río mientras la noche caía. Observamos el espectáculo y aguardamos con paciencia. No teníamos otra cosa que hacer hasta que acabara de subir la marea. Después de un largo silencio, con voz algo vacilante, dijo:

—Supongo, caballeros, que recordarán ustedes que durante un tiempo fui marinero de agua dulce.

En ese momento caímos en la cuenta de que estábamos predestinados a escuchar una de las poco convincentes aventuras de Marlow antes de que comenzara el reflujo.

—No quiero incomodarlos demasiado con lo que me sucedió personalmente —empezó, evidenciando en ese comentario la debilidad de muchos aficionados a narrar historias que con frecuencia parecen ignorar qué es lo que su público preferiría oír—. Sin embargo, para que comprendan los efectos que todo aquello me produjo, es necesario que sepan cómo llegué allí, lo que vi, cómo tuve que remontar el río para llegar al lugar donde vi por primera vez al pobre tipo. Era el sitio más lejano al que pude llegar navegando y el punto culminante de mi expedición. En cierto modo arrojó una especie de luz sobre todo lo que me rodeaba y sobre mis ideas. Fue algo bastante sombrío y penoso, de ningún modo extraordinario, ni tampoco muy claro. No, nada claro. Y, sin embargo, pareció arrojar una especie de luz.

»Por ese entonces, como recordarán, yo acababa de regresar a Londres luego de una temporada por el Océano Índico, el Pacífico y el Mar de la China. Me había propinado una buena dosis de Oriente (seis años más o menos) y andaba holgazaneando por ahí, estorbándolos a todos ustedes en sus trabajos e invadiendo sus hogares como si tuviera la divina misión de civilizarlos. Eso estuvo muy bien por un tiempo, pero poco después me harté de descansar. Entonces, emprendí lo que a mi entender es una de las tareas más difíciles del mundo: comencé a buscar un barco. Pero en ninguno de ellos me miraron siquiera, así que también me cansé de ese juego.

»Cuando era un muchacho, tenía pasión por los mapas. Podía pasar horas enteras mirando Sudamérica, África o Australia, inmerso en los placeres de la exploración. Por aquella época quedaban muchos espacios en blanco en la tierra y, cuando veía en un mapa alguno que pareciera particularmente atractivo (pese a que todos lo eran), ponía el dedo encima de él y decía: "Cuando sea mayor iré allí". Recuerdo que el Polo Norte era uno de aquellos sitios. Bueno, todavía no he estado allí y creo que ya no voy a intentarlo, ha perdido su encanto. Había otros lugares dispersos alrededor del Ecuador y en todas las latitudes de los dos hemisferios. He estado en algunos de ellos y... bueno, mejor no hablemos de eso. Pero aún quedaba uno, el mayor, el más vacío por decirlo de alguna manera, por el que sentía un especial anhelo.

»Es verdad que por ese entonces ya había dejado de ser un espacio en blanco. Desde mi niñez se había llenado de ríos, lagos y nombres. Había dejado de ser un misterioso espacio en blanco, una zona vacía sobre el que un niño podía tejer sueños magníficos. Se había convertido en un lugar de tinieblas. Pero había en él un río en particular, un río grande y poderoso, que aparecía en el mapa como una inmensa serpiente desenrollada, con la cabeza en el mar, el cuerpo ondulante sobre una vasta región y la cola perdida en las profundidades de la tierra. Su mapa, expuesto en la vidriera de una tienda, me fascinaba como una sierpe podría haber fascinado a un pájaro, a un tonto pajarito. Entonces recordé que existía una gran empresa, una compañía dedicada al comercio en ese río. "¡Caramba!", pensé para mis adentros, "No pueden comerciar en todo ese montón de agua dulce sin emplear alguna embarcación". ¡Barcos de vapor! ¿Por qué no intentar obtener el mando de uno de ellos? Continué andando por Fleet Street, pero no podía sacarme de la cabeza la idea. Había sido encantando por la serpiente.

»Como todos saben, esa sociedad comercial era una empresa del otro lado del Canal, pero tengo muchos parientes que viven en el continente porque, según cuentan, es barato y no tan desagradable como parece.

»Lamento tener que admitir que me vi en la necesidad de importunarlos. Eso suponía toda una novedad para mí. No estaba acostumbrado a obtener las cosas de ese modo. Siempre había utilizado mis propios medios para conseguir lo que deseaba. No lo habría creído de mí mismo, pero, ya saben, sentía que tenía que ir allí de una forma u otra, así que tuve que hacerlo. Los hombres dijeron: "Querido amigo…", y no hicieron nada. Así que, ¿qué creen ustedes?, probé fortuna con las damas. Yo, Charlie Marlow, puse a conspirar a las señoras para conseguirme un empleo. ¡Cielos! Bueno, el instinto me guio. Tenía una tía, un alma en verdad entusiasta, que me escribió: "Será un placer, estoy dispuesta a hacer cualquier cosa por ti. Es una idea gloriosa. Conozco a la esposa de un alto personaje de la administración y a un hombre que tiene gran influencia en… etcétera". Estaba dispuesta a hacer todo tipo de gestiones hasta conseguirme un nombramiento de capitán de un vapor si ese era mi capricho.

»Por supuesto, conseguí el nombramiento y muy pronto. Al parecer, la compañía había recibido noticias de que uno de los capitanes había sido asesinado durante una riña con los nativos. Era mi oportunidad y con ella aumentó mi impaciencia. Solo muchos meses después, cuando intenté recuperar los restos del cadáver, me enteré de que el origen de la disputa había estado referido a unas gallinas. Sí, dos gallinas negras. Fresleven (así se llamaba el tipo, un danés) pensó que había sido estafado en el negocio, así que bajó a tierra y comenzó a golpear con un palo al jefe de la tribu. No me sorprendió en lo más mínimo escuchar esto y que al mismo tiempo me contaran que Fresleven era el individuo más tranquilo y amable que jamás haya existido sobre la faz de la tierra. Sin duda que lo era, pero había pasado ya un par de años allí comprometido con la noble causa y tal vez por fin sintió la necesidad de imponer de algún modo su autoridad. Así que, sin el menor atisbo de piedad, le dio una paliza al viejo negro mientras su gente los miraba atónita, hasta que un hombre (el hijo del jefe, según me dijeron), desesperado de oír gritar al anciano, probó a arrojarle al hombre blanco una lanza, que, desde luego, lo atravesó limpiamente entre los omóplatos. A continuación, el pueblo entero huyó a la selva temiendo todo tipo de calamidades, mientras que, por otro lado, el vapor que capitaneaba Fresleven escapaba a toda velocidad comandado, según creo, por el maquinista. Luego, nadie pareció preocuparse demasiado por los restos de Fresleven, hasta que llegué y ocupé su puesto. Yo no podía olvidar el asunto así como así pero, cuando por fin tuve la oportunidad de encontrarme con mi predecesor, la hierba que crecía entre sus costillas era lo suficientemente alta como para ocultar sus huesos. Todos estaban allí, el ser sobrenatural no había sido tocado desde su caída, la aldea había sido abandonada y las cabañas se derrumbaban con los techos podridos. Era evidente que había ocurrido una catástrofe. La gente había desaparecido. Enloquecidos por el terror, hombres, mujeres y niños se habían dispersado en la espesura y ya jamás habían regresado. Tampoco sé qué fue de las gallinas. Se me ocurre que la causa del progreso se hizo con ellas de algún modo. En cualquier caso, gracias a este glorioso suceso conseguí mi nombramiento casi antes de que hubiera comenzado a desearlo. Me apuré como loco a hacer los preparativos y, antes de cuarenta y ocho horas, estaba cruzando el Canal para presentarme ante mis patrones y firmar el contrato. En unas pocas horas llegué a una ciudad que siempre me ha recordado a un sepulcro blanqueado. Prejuicios míos, no cabe duda. No tuve ninguna dificultad para dar con las oficinas de la compañía. Eran las más importantes de la ciudad y todo el mundo hablaba de ellas; iban a dirigir un imperio en ultramar y las inversiones eran ilimitadas.

»Una calle estrecha y desierta en penumbras, edificios altos, un sinnúmero de ventanas con persianas venecianas, un silencio sepulcral, la hierba brotando entre los adoquines, a derecha e izquierda imponentes entradas para carruajes, puertas inmensas de doble hoja pesadamente entornadas. Me deslicé por una de aquellas aberturas, subí por una escalera limpia y sin ornamentos, inhóspita como un desierto, y abrí la primera puerta que hallé. Dos mujeres, una gorda y otra delgada, sentadas en sendas sillas de paja, tejían con lana negra. La más delgada se levantó y, siempre tejiendo con la mirada baja, se acercó a mí. Justo cuando iba a apartarme de su camino como habría hecho con un sonámbulo, se detuvo y levantó la vista. Tenía puesto un vestido tan sencillo como la tela de un paraguas; se dio vuelta y me acompañó, sin decir una palabra, a una salita de espera.

»Le di mi nombre y miré a mi alrededor. Una mesa frágil en el centro, sillas austeras junto a las paredes y, en un extremo, un mapa grande y brillante, pintado con todos los colores del arco iris. Había una gran cantidad de rojo, siempre agradable de ver porque le hace sentir a uno que allí se trabaja de verdad, una excesiva cantidad de azul, algo de verde, unas manchitas de naranja y, en la costa oriental, una mancha púrpura para indicar dónde bebían su cerveza los alegres pioneros del progreso. De cualquier modo, ninguno de esos colores señalaba mi destino. A mí me correspondía el amarillo. Justo en el centro. Y ahí estaba el río fascinante, mortífero como una serpiente. ¡Ah!, se abrió una puerta, apareció la cabeza canosa de un secretario con expresión compasiva y un delgado dedo índice me hizo señas de que entrara en el santuario. En el centro de la habitación y bajo una luz difusa, había un pesado escritorio. Detrás de él percibí una pálida gordura dentro de una levita: era el mismísimo gran hombre en persona. Debía medir cerca de seis pies y medio de altura, diría yo, y en su mano empuñaba una lapicera que seguramente estaba habituada a sumar millones. Supongo que nos dimos la mano, murmuró algo vagamente, y quedó satisfecho con mi francés. *Bon voyage*.

»Cuarenta y cinco segundos después volví a hallarme en la salita de espera junto al compasivo secretario, quien, desolado y lleno de comprensión, me hizo firmar un documento. Según parece, me comprometía a no revelar ningún secreto comercial. Bueno, no pienso hacerlo.

»Comenzaba a sentirme algo incómodo. Ustedes ya saben que no estoy acostumbrado a tantas ceremonias; además, algo siniestro se palpaba en el ambiente. Era como si acabara de ser admitido entre los conjurados de una conspiración, no sé, algo que no era del todo correcto. Así que me alegré de marcharme. En el cuarto de fuera, las dos mujeres seguían tejiendo febrilmente con lana negra. A medida que llegaba gente, la más joven iba y venía presentándolos. La más vieja estaba sentada en su silla y apoyaba las zapatillas de tela sin tacón en un brasero, mientras un gato descansaba en su regazo. Tenía una cofia blanca almidonada en la cabeza y una verruga en una de las mejillas; unos anteojos con marco de plata pendían de la punta de su nariz. Me lanzó una mirada por encima de los cristales. La suavidad e indiferente placidez de sus ojos me produjeron desazón. Dos jovenzuelos de aspecto cándido y animado estaban siendo presentados en ese momento y les lanzó la misma mirada rápida de despreocupada sabiduría. Parecía saberlo todo acerca de ellos y también sobre mí. Me invadió una sensación de desasosiego. Su aspecto era fatídico y misterioso. Lejos de allí pensé a menudo en ambas mujeres, guardando el umbral de las tinieblas, tejiendo su lana negra como para un pálido paño mortuorio, una ejerciendo sin pausa la labor de guía hacia lo desconocido, la otra escrutando las caras estúpidas y animadas con ojos viejos y despreocupados. *Ave, viejas hilanderas de lana negra, morituri te salutant.* Muy pocos de aquellos a los que miraron volvieron a verlas. Muchos menos de la mitad.

»Aún quedaba una visita al médico. "Una simple formalidad", me aseguró el secretario con aire de participar de mis preocupaciones. Por consiguiente, un tipo joven que llevaba el sombrero ladeado sobre la ceja izquierda, un empleado, supongo (debía haber muchos en la empresa, pese a que el edificio estaba tan silencioso como una cripta en un cementerio), bajó de algún sitio del piso superior y me acompañó a una sala. Iba descuidado y andrajoso, con manchas de tinta en las mangas de la chaqueta, y una corbata grande y arrugada bajo un mentón que parecía la puntera de una bota vieja. Era un poco temprano para ir a ver al doctor, así que le propuse ir a beber algo y a partir de ese momento se le despertó la vena jovial. Cuando nos sentamos con nuestros vermouths, comenzó a glorificar los negocios de la compañía; más tarde, como por casualidad, manifesté mi sorpresa de que él no hubiera ido para allá. De pronto, se volvió frío y reservado. "No soy tan tonto como parezco, dijo Platón a sus discípulos", señaló sentencioso. Vació con gran determinación su vaso y nos levantamos.

»El anciano médico me tomó el pulso, mientras pensaba evidentemente en otra cosa, y dijo entre dientes: "Bien, bien para allí". Luego me preguntó con impaciencia si le permitía que me midiera la cabeza. Acepté bastante sorprendido, y entonces sacó un instrumento parecido a un compás calibrado y apuntó todas las medidas por delante y por detrás tomando notas con cuidado. Era un hombrecillo sin afeitar y tenía puesto un abrigo raído similar a una gabardina y unas pantuflas. Me pareció un loco inofensivo. Me dijo: "Siempre pido permiso para medirles el cráneo a los que van allí, en interés de la ciencia". "¿Y cuando vuelven, también?", le pregunté. "Oh, jamás los vuelvo a ver", comentó. "Además, los cambios se producen en el interior, ya sabe". Sonrió como si se riera de un chiste privado. "De manera que usted va a ir allí. Notable e interesante al mismo tiempo". Me echó una mirada escrutadora y volvió a tomar notas. "¿Ha habido algún caso de locura en su familia?", me preguntó adoptando un tono de lo más natural. Me sentí muy ofendido. "¿Esa pregunta también es en interés de la ciencia?". "Debería serlo", contestó sin reparar en mi irritación, "lo interesante para la ciencia sería observar los cambios en la mente de las personas allí mismo, pero…". "¿Es usted alienista?", lo interrumpí. "Todo médico debería serlo un poco", respondió sin inmutarse el excéntrico personaje. "Tengo una pequeña teoría que ustedes, señores, los que van allí, deberían ayudarme a demostrar. Esa será mi contribución a las ventajas que obtendrá mi país de disponer de la posesión de esa magnífica colonia. Dejo para otros las simples riquezas. Perdone mis preguntas, pero es usted el primer inglés al que he tenido ocasión de examinar". Me apresuré a asegurarle que no era en absoluto un inglés típico. "Si lo fuera, no estaría conversando de esta manera con usted". "Eso que me dice es bastante profundo, pero también probablemente equivocado", dijo con una carcajada. "Evite la excitación nerviosa más que la exposición al sol. *Adieu. ¿*Cómo dicen ustedes los ingleses, eh?, *Good bye.* ¡Ah!, *Good bye. Adieu.* En los trópicos uno debe ante todo conservar la calma". Y levantó el dedo índice advirtiéndome: *"Du calme, du calme. Adieu".*

»Todavía me quedaba algo por hacer: despedirme de mi inestimable tía. La hallé exultante. Tomé una taza de té (la última aceptable durante mucho tiempo) en una salita que, para mi tranquilidad, tenía el aspecto que cabía esperar de la sala de estar de una dama, y mantuvimos una larga y tranquila conversación junto a la chimenea. En el curso de esas confidencias se me hizo evidente que había sido presentado a la mujer de un alto dignatario y Dios sabe a cuánta gente más, como una criatura inteligente y excepcional, un verdadero descubrimiento para la compañía, un hombre de esos que no se encuentran todos los días. ¡Dios mío! ¡Y yo que iba a hacerme cargo de un vapor de río de poca monta, con silbato incluido! Y además resulta que iba a ser un Trabajador, con mayúscula, ya saben. Algo así como un mensajero de la luz, una suerte de apóstol de segunda clase. Habían circulado un montón de tonterías acerca de eso en la prensa y en la calle, y la pobre mujer, que vivía inmersa en el bullicio de semejantes disparates, había terminado creyendo en todo ese palabrerío. Me habló de "lograr que aquellos millones de ignorantes se apartaran de sus horribles costumbres" hasta que, les doy mi palabra, me hizo sentir bastante incómodo. Traté de insinuar que lo que movía a la compañía era obtener beneficios.

»"Olvidas, querido Charlie, que el trabajador tiene derecho a su salario", contestó con rapidez. Es extraño lo lejos que están las mujeres de la realidad. Viven en un mundo propio que nunca ha existido y que jamás podrá existir. Es demasiado hermoso y, si quisieran construirlo, se vendría abajo antes del primer crepúsculo. Cualquiera de las malditas cosas con las que los hombres convivimos sin problemas desde el mismo día de la Creación se pondría de por medio y lo desharía en pedazos.

»Luego me abrazó, me recomendó que vistiera prendas de franela, me hizo asegurarle que le escribiría con frecuencia y todo eso, y me marché. En la calle, no sé por qué, me invadió la extraña sensación de ser un impostor. Y lo más extraño de todo fue que yo, acostumbrado a irme a cualquier sitio del mundo con menos de veinticuatro horas de anticipación y sin prestarle a ello más atención que la que dedica la mayor parte de los hombres a cruzar una calle, tuve un momento, no diré de duda, pero sí de pausa sobresaltada ante un asunto tan trivial. Lo más que puedo decirles es que durante uno o dos segundos sentí como si, en lugar de dirigirme al centro de un continente, estuviera a punto de ponerme en camino hacia el centro de la tierra.

»Partí en un vapor francés que hizo escala en cada maldito puerto de los que hay allí, sin otro objetivo, por lo que pude ver, que desembarcar soldados y empleados de aduanas. Yo miraba la costa. Observar una costa que se desliza ante un barco es como pensar en un enigma. Ahí está, delante de uno, sonriente, torva, incitante, imponente, humilde, insípida o salvaje y siempre silenciosa, con aire de susurrar: "Ven y descúbreme". Esta carecía de rasgos definidos, como si estuviera sin terminar, con un aspecto de inexorable monotonía. El borde de una selva descomunal, de un verde tan oscuro que parecía casi negro, orlado por una resaca blanquecina, se extendía en línea recta como trazado con una regla, lejos, cada vez más lejos, a lo largo de un mar azul cuyo brillo empañaba la creciente bruma. Bajo un sol feroz, la tierra parecía resplandecer y chorrear vapor. Aquí y allá aparecían incrustadas en la espuma pequeñas manchitas blancuzcas o grisáceas, quizá con alguna bandera ondeando por encima de ellas. Asentamientos con varios siglos de antigüedad y, sin embargo, no más grandes que la cabeza de un alfiler comparados con la enorme extensión virgen que se extendía por detrás. Navegábamos a lo largo de la costa, nos deteníamos, desembarcábamos soldados, continuábamos adelante, desembarcábamos empleados de aduanas para que recaudaran peaje en lo que parecía ser una espesura olvidada de la mano de Dios, con un cobertizo de hojalata y un asta podrida sobre esta, y volvíamos a desembarcar soldados, supongo que para que cuidaran de los aduaneros. Según oí contar, algunos de ellos se ahogaban en las rompientes pero, fuera verdad o no, a nadie parecía importarle demasiado. Simplemente eran arrojados allí y continuábamos nuestro camino. Todos los días la costa parecía idéntica, como si no nos hubiéramos movido; sin embargo, dejábamos atrás diversos lugares, establecimientos dedicados al comercio, cuyos nombres (como "Gran Bassam Little Popo") parecían sacados de una sórdida farsa representada ante un telón siniestro. La ociosidad del pasajero, mi aislamiento en medio de aquellos hombres con los que no tenía nada en común, el mar lánguido y aceitoso, la oscuridad uniforme de la costa parecían mantenerme apartado de la realidad de las cosas, sumido en los pesares de una desilusión triste y sin sentido. El sonido del oleaje, que se dejaba oír de vez en cuando, era un auténtico placer, como la conversación de un hermano. Era algo natural, que tenía una razón de ser y un sentido. De vez en cuando, un bote que venía de la costa nos proporcionaba un momentáneo contacto con la realidad. Los remeros eran negros y desde lejos podía verse el brillo del blanco de sus ojos. Aquellos tipos gritaban, cantaban y sus cuerpos chorreaban de sudor; sus caras parecían máscaras grotescas; pero tenían huesos y músculos, una vitalidad salvaje, una intensa energía en sus movimientos, que eran tan naturales y verdaderos como el oleaje a lo largo de la costa. No necesitaban de ninguna excusa para justificar su presencia allí. Contemplarlos suponía un alivio. Durante un tiempo todavía iba a sentir que pertenecía a un mundo cuyos hechos eran claros, pero ese sentimiento no duraría mucho. Algo iba a encargarse de destruirlo. En una ocasión, recuerdo que dimos con un buque de guerra anclado frente a la costa. No había ni una simple choza y, sin embargo, estaba bombardeando los matorrales. Por lo visto, los franceses tenían en marcha una de sus guerras por los alrededores. Con su bandera caída con languidez como un trapo y la boca de los largos cañones de ocho pulgadas asomando por todo el casco del barco, el oleaje aceitoso y espeso lo mecía arriba y abajo balanceando sus espigados mástiles. Ahí estaba, en la vacía inmensidad de agua, cielo y tierra, incomprensible, disparando sobre un continente. ¡Bum!, disparaba uno de los cañones de ocho pulgadas, surgía una pequeña llamarada y se esfumaba junto a un poco de humo blanco. Un minúsculo proyectil emitía un débil chirrido y nada ocurría. No podía ocurrir nada. Había algo de locura en todo ello. El espectáculo producía una lúgubre sensación de absurdo que no desaparecía a pesar de que alguien a bordo asegurara con la mayor seriedad que había un campamento de nativos (¡"enemigos", los llamaba!) oculto en algún lugar.

»Le entregamos las cartas (me enteré de que los hombres de aquel barco solitario morían de fiebre a un ritmo de tres por día) y continuamos nuestra ruta. Nos detuvimos en otros lugares con nombres grotescos, en los que la alegre danza de la muerte y el comercio proseguía en una atmósfera práctica y tranquila como la de una catacumba caldeada. Todos ellos se ubicaban a lo largo de aquella costa informe, bordeada por peligrosas rompientes como si la propia naturaleza hubiera procurado desalentar a los intrusos. En los recovecos de los ríos, corrientes de muerte en vida cuyos bordes se pudrían en el cieno, las aguas se encontraban invadidas de manglares retorcidos que parecían debatirse ante nosotros en el límite de una impotente desesperación. En ningún lado nos detuvimos suficiente tiempo como para sacar una impresión determinada, pero la sensación generalizada de espanto vago y opresivo fue creciendo en mi interior. Era como un fatigoso peregrinar en medio de visiones de pesadilla.

»Pasaron más de treinta días hasta que vi la desembocadura del gran río. Anclamos cerca de la sede de gobierno. No obstante, mi trabajo no daría comienzo hasta unas doscientas millas más adelante. De modo que, en cuanto pude, salí hacia otro sitio situado treinta millas río arriba.

»Obtuve pasaje en un pequeño vapor de altura. Su capitán era un sueco que, al enterarse de que yo era marino, me invitó a subir al puente. Era un hombre joven, delgado, de cabello rubio y lacio que caminaba arrastrando los pies. Mientras abandonábamos el pequeño y deprimente muelle, movió con desdén la cabeza mirando hacia la orilla. "¿Ha estado viviendo allí?", me preguntó. "Sí", contesté. "Esos muchachos del gobierno son un grupo excelente, ¿no le parece?", continuó hablando en inglés con gran precisión y considerable amargura. "Es curioso lo que es capaz de hacer cierta gente con tal de ganar unos pocos francos al mes; me pregunto qué será de esos tipos cuando se internen en el territorio". Yo le contesté que esperaba saberlo muy pronto. "¡Vaya!", exclamó, y cruzó de un lado al otro arrastrando los pies y vigilando atentamente. "No esté tan seguro", prosiguió. "Hace poco recogí a un hombre que se ahorcó a mitad de camino. También era sueco". "¡Se ahorcó! ¡Dios mío! ¿Por qué?", le pregunté. Él siguió mirando con atención hacia delante. "¿Quién sabe? Quizás estaba harto del sol. O del país".

»Al final llegamos a una entrada en un recodo del río. Apareció un acantilado rocoso, montículos de tierra revuelta junto a la orilla, algunas casas sobre una colina y otras con tejado metálico entre los desechos de las excavaciones o colgadas en la pendiente. Un ruido constante producido por las cascadas situadas más arriba se cernía sobre aquella escena de deshabitada desolación. Un grupo numeroso de gente, la mayor parte negros desnudos, pululaba como hormigas. Un embarcadero se proyectaba hacia el río. La luz cegadora del sol bañaba todo aquello de un resplandor deslumbrante. "Ahí está la sede de su compañía", dijo el sueco, señalando las tres barracas de madera de la colina rocosa. "Haré que le suban el equipaje. ¿Dijo usted cuatro bultos? Bien, ¡adiós!".

»Pasé sobre una caldera tapada por la hierba. Al poco tiempo, di con un camino que llevaba colina arriba y se desviaba evitando las grandes piedras, y también con una pequeña vagoneta de ferrocarril que estaba boca abajo con las ruedas en el aire. Le faltaba una. Parecía tan muerta como la carcasa de algún animal. Hallé otras piezas de maquinaria deteriorada y una pila de rieles mohosos. A la izquierda un grupo de árboles formaba un sitio sombreado en el que figuras oscuras parecían agitarse sin fuerzas. Parpadeé, el sendero era escarpado. A mi derecha sonó una sirena y vi correr a los negros. Una detonación fuerte y sorda sacudió la tierra, una nube de humo salió de la roca y eso fue todo. No se advirtió ningún cambio en la pared de la piedra. Estaban construyendo un ferrocarril. Aquella roca no estaba en su camino, pero esas voladuras desprovistas de sentido eran la única labor que se realizaba allí.

»Un ligero tintineo a mis espaldas hizo que me diera vuelta. Seis negros avanzaban en fila subiendo con extrema dificultad por el sendero. Caminaban lentos y erguidos, balanceando unas pequeñas canastas llenas de tierra que llevaban sobre su cabeza y el tintineo sonaba al mismo tiempo que sus pasos. Llevaban harapos negros alrededor de sus cabezas y las puntas se movían de un lado a otro como si fueran colas. Podía ver todas las costillas y las articulaciones de sus extremidades eran como nudos en una cuerda. Todos llevaban al cuello un collar metálico y estaban unidos unos con otros por una cadena que pendía entre ellos provocando un rítmico sonido. Una nueva estampida proveniente de la roca me recordó al navío de guerra al que había visto bombardear contra la tierra firme. Era el mismo tipo de sonido ominoso, pero a aquellos hombres era imposible llamarlos "enemigos" por más que uno forzara la imaginación. Eran considerados criminales y la ley ultrajada había caído sobre ellos como las bombas, como un misterio indescifrable proveniente del mar. Sus enflaquecidos pechos jadeaban al unísono. Les temblaban, violentamente dilatadas, las aletas de la nariz. Los ojos, duros como piedras, miraban sin desviarse hacia lo alto de la colina. Pasaron a unas seis pulgadas de mí sin ni siquiera mirarme, con esa indiferencia absoluta, tan parecida a la muerte, de los salvajes cuando se sienten desgraciados. Detrás de aquella materia prima, uno de los asimilados, producto de las nuevas fuerzas en conflicto, caminaba abatido llevando un fusil en la mano. Vestía una chaqueta de uniforme con un botón descosido y, al ver a un hombre blanco en el camino, se llevó rápidamente el arma al hombro. Se trataba de una medida de simple prudencia: de lejos todos los blancos se parecen y se hacía difícil dilucidar quién debía ser yo. Se tranquilizó sin demoras, y con una sonrisa vil y abierta, y una mirada a su cargamento, pareció aceptarme con exaltada confianza. Después de todo, también yo formaba parte de la gran causa que motivaba tan justos y elevados procedimientos.

»En vez de seguir subiendo, me di vuelta y descendí hacia la izquierda. Mi intención era dejar que la cuerda de presidiarios se perdiera de vista antes de subir la colina. Ustedes ya saben que no soy lo que se dice un blando. He tenido que pelear y sé defenderme. He debido resistir y algunas veces atacar (lo que no es sino otra forma de resistir) sin pararme a meditar las consecuencias, de acuerdo con el tipo de vida en el que me había metido. He visto al demonio de la violencia y al de la codicia y al del deseo más ardiente ¡Por todos los santos! Eran demonios de ojos enrojecidos, fuertes y vigorosos, que tentaban y conducían a los hombres. Pero, mientras estaba en la ladera de la colina, adiviné que bajo el sol cegador de aquella tierra iba a acostumbrarme a un demonio demente, fofo, simulador, de mirada débil, y con una locura rapaz y despiadada. Hasta dónde era capaz de llegar su insidia, solo lo iba a saber varios meses después y unas mil millas río adentro. Por un instante, me quedé perplejo, como ante una advertencia. Finalmente bajé en diagonal por la colina hacia los árboles que había visto antes.

»Esquivé un enorme agujero artificial que alguien había cavado en la ladera y cuyo propósito me fue imposible adivinar, pese a que, por supuesto, no era para extraer piedra o arena. Era tan solo un agujero. Tal vez estaba relacionado con el filantrópico deseo de darles algo que hacer a los criminales. No lo sé. Poco después estuve a punto de caer en un barranco muy estrecho, no mucho mayor que una cicatriz en la colina. Descubrí que un gran número de tuberías importadas para los campamentos de la compañía habían sido arrojadas allí. No había ni una sola que no estuviera rota. Un destrozo que era un desquicio. Por fin, llegué bajo los árboles. Mi intención era pasear un poco a la sombra, pero nada más meterme allí tuve la impresión de haber puesto pie en algún tenebroso círculo del infierno. Los rápidos estaban muy cerca y el ruido de su caída precipitándose sin pausa llenaba la triste quietud del bosquecillo en el que no corría ni gota de aire ni se movía una hoja, como si la vertiginosa marcha de la tierra al girar se hubiese vuelto audible de repente.

»Unas figuras negras gemían, inclinadas, acostadas o sentadas bajo los árboles, apoyadas sobre los troncos, pegadas a la tierra, un tanto visibles y otro tanto ocultas por la luz mortecina, en todas las actitudes de dolor, abandono y desesperación que es posible imaginar. Otra mina estalló en la roca, seguida de un leve temblor del suelo bajo mis pies. El trabajo continuaba. ¡El trabajo! Y este era el sitio donde algunos de los colaboradores se habían retirado a morir.

»Estaban muriéndose de a poco, eso quedaba muy claro. Ya no eran enemigos, ya no eran criminales, ya no eran algo terrenal, sino oscuras sombras de enfermedad y agotamiento que yacían confusamente en la verdosa penumbra. Traídos desde los más recónditos rincones, contratados legalmente, perdidos en un ambiente extraño y alimentados con una comida a la que no estaban acostumbrados, se enfermaban, dejaban de ser útiles, y entonces obtenían permiso para arrastrarse y descansar allí. Aquellas sombras moribundas eran tan libres como el aire y casi tan delgadas como él. Empecé a distinguir el brillo de sus ojos bajo los árboles. Entonces, al bajar la mirada, vi una cara junto a mi mano. Los negros huesos se recostaban en toda su longitud con un hombro apoyado contra el árbol. Lentamente los párpados se levantaron y aquellos ojos hundidos me miraron, vacíos y enormes, con una especie de resplandor blanco y ciego en lo más profundo de sus órbitas, que se fue desvaneciendo poco a poco. Parecía un hombre joven, casi un muchacho, a pesar de que ya saben que con esa gente es difícil estar seguro. No se me ocurrió otra cosa que ofrecerle una de las galletas de barco del sueco que tenía en el bolsillo. Los dedos se cerraron lentamente sobre ella y la sostuvieron. No hubo ningún otro movimiento ni ninguna otra mirada. Llevaba un pequeño trozo de estambre blanco alrededor del cuello. ¿Por qué? ¿Dónde lo había conseguido? ¿Era una insignia, un adorno, un amuleto, un acto propiciatorio? ¿Existía en realidad algún motivo? Aquel trozo de hilo blanco venido del otro lado del mar parecía extraño alrededor de su cuello negro.

»Junto al mismo árbol, otros dos sacos de huesos se encontraban sentados con las piernas encogidas. Uno de ellos apoyaba el mentón en las rodillas y tenía la vista perdida de una forma tan espantosa como insoportable; su hermano fantasma reposaba la frente como abatido por un terrible hastío. Alrededor de ellos estaban desparramados todos los demás, adoptando mil y una posturas de un colapso convulsivo, como en la imagen de una masacre o de una peste. Mientras permanecía allí sumido en el horror, una de aquellas criaturas se incorporó sobre las manos y las rodillas y, a cuatro patas, se dirigió al río para beber, se lamió la mano, se sentó al sol cruzando las piernas y al cabo de un momento dejó caer la rizada cabeza sobre el esternón.

»No quise entretenerme más tiempo bajo aquella sombra, así que me dirigí de prisa hacia la sede de la compañía. Al llegar cerca de los edificios hallé a un hombre blanco con una elegancia tan inesperada en su atuendo que, en un primer momento, llegué a creer que se trataba de un espejismo. Vi un cuello almidonado, unos puños blancos, una chaqueta ligera de alpaca, unos pantalones del color de la nieve, una corbata clara y unas botas relucientes. No llevaba sombrero. El cabello peinado con raya, engominado, bien cepillado, bajo una sombrilla verde sostenida por una gran mano blanca. Era asombroso y llevaba un portaplumas detrás de la oreja.

»Le di la mano a aquel milagro y me anoticié de que se trataba del jefe de contabilidad de la compañía, y que toda la teneduría de libros se llevaba a cabo allí. Dijo que había salido un momento "a respirar un poco de aire fresco". La expresión me sonó extraña hasta un punto increíble, porque parecía sugerir una sedentaria vida de oficina. Ni siquiera les hubiera mencionado a este tipo si no fuera porque fue de sus labios de quien oí por primera vez el nombre que está tan indisolublemente unido a mis recuerdos de esa época. Además, sentí respeto por aquel individuo, por sus cuellos de camisa, sus puños anchos, su cabello cepillado. Por supuesto que su aspecto era el de un maniquí de peluquería, pero conservaba su apariencia en medio de la gran desmoralización de aquellas tierras. Eso era tener agallas. Sus cuellos almidonados y sus tiesas pecheras eran logros de carácter. Llevaba allí cerca de tres años y, más tarde, no pude resistir la tentación de preguntarle cómo se las arreglaba para lucir de semejante manera. Se sonrojó un poco y me dijo con modestia: "He logrado instruir a una de las nativas que trabajan para la compañía. Resultó difícil. Tenía aversión por el trabajo". De modo que aquel hombre había conseguido realmente algo y se había entregado a sus libros, que mantenía en perfecto orden.

»Todo el resto de lo que había en el campamento era un completo desastre: personas, cosas, edificios. Las caravanas. Las filas de negros polvorientos de pies aplastados que llegaban y volvían a marcharse. Un aluvión de mercancías manufacturadas, telas de desecho, cuentas de colores y alambre de latón eran enviados a las profundidades de las tinieblas y a cambio llegaba un precioso goteo de marfil.

»Tuve que aguardar allí durante diez días, una eternidad. Vivía en una choza dentro del cercado pero, para escapar de tanto caos, entraba en ocasiones en la oficina del contable. Estaba construida con tablones dispuestos de forma horizontal y tan mal colocados que, cuando se inclinaba sobre su elevado escritorio, lo cubría de los pies a la cabeza una suerte de enrejado de estrechas franjas de luz de sol. No era necesario levantar la enorme persiana para mirar. Allí también hacía calor. Unos gordos moscardones zumbaban de un modo infernal y más que picar, mordían. Por lo general, yo me sentaba en el suelo mientras él, encaramado en un taburete alto, con una apariencia impecable e incluso un tanto perfumado, escribía y escribía. A veces se levantaba para hacer un poco de ejercicio. Cuando le colocaron allí un catre con un enfermo (un inválido venido del interior), se mostró un poco contrariado. "Los gemidos de ese enfermo", decía, "distraen mi atención y así es muy difícil no cometer errores con este clima".

»Un día comentó, sin levantar la cabeza: "En el interior se encontrará usted sin duda con el señor Kurtz". A mi pregunta de quién era ese señor Kurtz, contestó diciendo que era un agente de primera clase y, dándose cuenta de mi decepción ante tan escasa información, añadió sin prisa, dejando la pluma en la mesa: "Es un personaje notable". Con nuevas preguntas, conseguí sonsacarle que el señor Kurtz estaba en esos momentos a cargo de un puesto comercial muy importante en la verdadera región del marfil, en el corazón mismo, y que enviaba tanto marfil como todos los demás juntos.

»Comenzó a escribir otra vez. El enfermo estaba demasiado agotado como para gemir y las moscas zumbaban en medio de una enorme paz.

»De repente se oyó un creciente murmullo de voces y ruido de pisadas. Había llegado una caravana. Un violento barullo de extraños sonidos penetró desde el otro lado de los tablones. Todos los porteadores hablaban al mismo tiempo y en medio de tanto alboroto se oyó la voz quejumbrosa del jefe de contabilidad "dándose por vencido" por vigésima vez en el día. Se levantó sin apuro. "¡Qué fila espantosa!", exclamó, y cruzó despacio el cuarto para mirar al enfermo. Al regresar, señaló: "No puede oír nada". "¡Cómo! ¿Ha muerto?", pregunté sobresaltado. "No, todavía no", contestó con gran compostura. Luego, refiriéndose con una inclinación de cabeza al tumulto del patio, agregó: "Cuando uno está obligado a hacer las cosas de forma correcta, llega a sentir odio hacia esos salvajes, un odio mortal". Se quedó pensativo unos instantes. "Cuando vea al señor Kurtz", prosiguió echándole una ojeada al escritorio, "dígale de mi parte que aquí todo marcha de modo satisfactorio. Prefiero no escribirle porque con los mensajeros que tenemos aquí nunca se sabe en manos de quién acabará la carta". Me miró fijamente un momento con ojos afectuosos. "Sí, llegará lejos, muy lejos", empezó otra vez, "muy pronto será alguien en la administración, los de arriba, el Consejo, en Europa, ya sabe, quieren que lo sea".

»Volvió a su trabajo. Afuera, el ruido había cesado y, al salir, me detuve junto a la puerta. Bajo el constante revoloteo de las moscas, el agente que iba a regresar a casa yacía inconsciente y febril; el otro, reclinado sobre sus libros, anotaba correctamente los asientos de transacciones no menos correctas; y a unos cincuenta pies de la entrada podían verse las tranquilas copas de los árboles del bosque de la muerte.

»Al día siguiente por fin abandoné aquel lugar con una caravana de sesenta hombres, para hacer una marcha de doscientas millas.

»No vale la pena que les dé muchos detalles. Caminos, caminos por todas partes, una red caminera que se extendía y parecía impresa sobre la tierra vacía, a través de la hierba alta, de praderas abrasadas, de matorrales, bajando y subiendo por fríos barrancos, subiendo y bajando por colinas pedregosas ardiendo de calor. Y la soledad. Nadie. Ni una choza. La población se había ido de allí hacía mucho tiempo. Bueno, creo que si a un grupo de negros misteriosos pertrechados con todo tipo de armas terribles de pronto le diera por recorrer los caminos entre Deal y Gravesend, obligando a los paisanos a transportar para ellos las cargas más pesadas, en muy poco tiempo todas las granjas y cabañas de los alrededores se vaciarían sin demora. La diferencia es que allí también habían desaparecido las viviendas. Aún así, atravesé varias aldeas abandonadas. Hay algo de patético e infantil en las ruinas cubiertas de vegetación. Día tras día acampar, cocinar, dormir, levantar el campamento, y reanudar la marcha con los pasos y el arrastrar de sesenta pares de pies desnudos detrás de mí, cada uno cargando un bulto de casi sesenta libras. De cuando en cuando, un porteador muerto, en reposo junto a las altas hierbas del borde del sendero, con un largo palo y una cantimplora vacía tirados a su lado. Alrededor, un gran silencio sobre toda la escena. Quizás, en una noche tranquila, el estremecimiento de tambores, hundiéndose, difundiéndose, un temblor vago, difuminado, un sonido extraño, atrayente, sugestivo y salvaje; tal vez con un significado tan profundo como el sonido de las campanas en un país cristiano. Una vez nos topamos con un hombre blanco vestido con un uniforme desabrochado. Estaba acampando a la vera del camino con una escolta armada de esbeltos zanzíbares, muy hospitalario y alegre, por no decir borracho. Según declaró, se ocupaba del mantenimiento de la carretera. No puedo decir que viera ninguna carretera ni ningún mantenimiento, a no ser que el cadáver de un negro de mediana edad con un agujero de bala en la frente con el que, literalmente, tropecé tres millas más adelante pudiera considerarse como tal. Además, venía conmigo un acompañante blanco. No era un mal tipo, pero estaba demasiado obeso y tenía la exasperante costumbre de desfallecer en las calurosas laderas de las colinas a varias millas de la sombra y el pozo más cercano. Se darán cuenta de que resulta un fastidio sostener la chaqueta de uno a modo de sombrilla por encima de la cabeza de un hombre mientras recupera el conocimiento. Un día no pude evitar preguntarle qué era lo que pretendía al dirigirse allí. "Ganar dinero, desde luego, ¿qué se imagina?", dijo con desprecio. Tiempo después, contrajo fiebre y hubo que transportarlo en una hamaca colgada de una pértiga. Dado que pesaba más de cien kilos, tuve que discutir constantemente con los porteadores. Protestaban, se escapaban, se escabullían de noche con las cargas… era casi un amotinamiento. Una noche les solté un discurso en inglés ayudándome de muchos gestos, ninguno de los cuales pasó desapercibido a los sesenta pares de ojos que tenía frente mí y a la mañana siguiente mandé a colocar la hamaca al frente de la columna. Una hora después todo el asunto fracasaba entre los arbustos: el enfermo, la hamaca, gemidos, mantas, expresiones de horror. La pesada pértiga le había desollado la nariz. Deseaba ansiosamente matar a alguien, pero no había ni un solo porteador por los alrededores. Me acordé de las palabras del viejo médico ("Lo interesante para la ciencia sería observar los cambios en la mente de las personas allí mismo") y tuve la impresión de que me estaba volviendo interesante para la ciencia. Pero todo esto carece de sentido. La decimoquinta jornada llegué a avistar de nuevo el gran río y arribamos rengueando a la Estación Central. Estaba situada junto a un remanso del río, rodeada de selva y maleza, con un bonito margen de barro maloliente en un lado y cerrada por los otros tres por una absurda cerca de juncos. Un hueco descuidado era lo más parecido a una entrada y una sola mirada bastaba para darse cuenta de que era el demonio flácido quien dirigía allí el asunto. Algunos hombres blancos que sostenían largos palos en la mano surgieron lánguidamente entre los edificios, se acercaron de forma tranquila a echarme un vistazo y luego se retiraron a algún lugar fuera de mi vista. Uno de ellos, un muchacho de bigote negro, robusto e impetuoso, me informó, tan pronto le dije quién era yo, con gran locuacidad y muchos circunloquios, de que mi vapor estaba en el fondo del río. Me quedé atónito. ¿Qué? ¿Cómo? ¿Por qué? ¡Oh!, todo estaba "en orden". El "director en persona" se encontraba allí. Todo estaba en orden. "¡Se portaron de manera espléndida! ¡Espléndida! Debe usted ir a ver al director jefe ahora mismo, ¡lo está aguardando!", dijo con agitación.

»En ese primer momento no me di cuenta de la importancia del naufragio. Me parece que ahora sí lo hago, pero tampoco podría asegurarlo. Al menos, no del todo. Lo cierto es que cuando pienso en ello todo el asunto me parece por demás estúpido y natural. No obstante... Pero en aquel entonces me pareció tan solo una maldita complicación. El vapor se había hundido. Había partido hacía dos días río arriba, urgido por una prisa repentina, con el director a bordo y un capitán voluntario a cargo del barco y, antes de que pasaran tres horas, le desgarraron el fondo contra unas rocas y se hundió cerca de la orilla sur. Me pregunté a mí mismo qué iba a hacer allí ahora que había perdido mi barco. Para decirlo brevemente, me di a la misión de rescatar el navío. Me tuve que poner a ello al día siguiente. Eso y las reparaciones cuando llevé los pedazos a la estación consumieron varios meses.

»Mi primera entrevista con el director fue muy curiosa. No me ofreció tomar asiento, a pesar de que aquella mañana yo había caminado más de veinte millas. Su rostro, su aspecto, sus modales y su voz eran vulgares. Era de estatura mediana y complexión corriente. Sus ojos, aunque de un azul normal, eran quizá demasiado fríos y, por supuesto, sabía cómo hacer que su mirada cayera sobre uno tan pesada y cortante como un hacha. Pero, incluso en esos momentos, el resto de su persona parecía desmentir tales intenciones. Por otro lado, estaba aquella indefinible y furtiva expresión de sus labios, algo huidizo, una sonrisa; no, no era una sonrisa, la recuerdo bien, pero no sabría cómo explicarla. Aquella sonrisa era inconsciente, pese a que se intensificaba por un instante, justo luego de que dijera algo. Al final de sus discursos aparecía como un sello que imprimía a las palabras para convertir el sentido de la frase más sencilla en algo por completo indescifrable. No era más que un vulgar comerciante, empleado en la región desde su juventud. Se lo obedecía pese a que no infundía ni afecto ni temor, ni tan siquiera respeto. Producía inquietud. ¡Eso es! Inquietud. No una abierta desconfianza. Tan solo inquietud. No tienen ni idea de lo eficaz que puede llegar a ser semejante facultad. No tenía ningún talento para la organización o la iniciativa, ni siquiera para el orden, lo cual se hacía evidente en cosas como el deplorable estado en que se hallaba la estación. Carecía de estudios y de inteligencia. ¿Cómo había llegado a ocupar semejante puesto? Tal vez porque jamás se había enfermado habiendo desempeñado allí tres turnos de tres años. Y es que una salud victoriosa, allí donde sucumben los más fuertes, es por sí misma una especie de fuerza. Cuando se iba de permiso a casa incurría en todo tipo de excesos. Marinero en tierra, aunque lo fuera solo exteriormente, tal como podía deducirse de lo trivial de su conversación. No era capaz de crear nada, tan solo sabía hacer que la rutina siguiera adelante. Eso era todo. Pero resultaba extraordinario. Extraordinario por el simple detalle de que era imposible saber qué podía motivar a un hombre así. Nunca develó ese secreto. Posiblemente no hubiera nada en su interior. Tal sospecha lo hacía reflexionar a uno porque allí no había ningún control externo. En una ocasión en que varias enfermedades tropicales dejaron postrados a casi todos los agentes de la estación se le escuchó decir: "Los que vienen aquí deberían carecer de entrañas". Selló sus palabras con aquella sonrisa suya, como si fuera una puerta que se abría a unas tinieblas de las que era custodio. Uno podía imaginar que había llegado a vislumbrar algo, pero la puerta volvía a estar sellada. Cuando se hartó de las peleas continuas de los blancos por cuestiones de precedencia en las comidas, ordenó fabricar una mesa enorme y redonda para la que fue preciso construir una vivienda especial, el comedor de la estación. Allí donde él se sentaba era el sitio principal y el resto no contaba. Se podía intuir que aquella era su convicción más profunda. No era ni cortés ni descortés. Permanecía tranquilo. Permitía que su "muchacho", un joven negro de la costa, sobrealimentado tratara en su presencia a los blancos con una insolencia provocativa.

»En cuanto me vio comenzó a hablar. Yo llevaba mucho tiempo en camino. Él no había podido aguardar. Había tenido que comenzar sin mí. Era necesario relevar a los puestos río arriba. Ya se habían producido tantos retrasos que no sabía quién continuaba vivo y quién no, cómo se las arreglaban, etcétera. No prestó la menor atención a mis explicaciones y repitió varias veces que la situación era "muy, muy grave", mientras jugaba con una barra de lacre. Corrían rumores de que un puesto de gran importancia estaba en peligro y de que su jefe, el señor Kurtz, estaba enfermo. Ojalá no fuera cierto. El señor Kurtz era... Me sentí cansado y nervioso. ¡Al diablo con Kurtz!, pensé. Lo interrumpí diciéndole que había oído hablar del señor Kurtz en la costa. "¡Ah, así que hablan de él por allí abajo!", masculló para sí. Luego volvió a comenzar, asegurándome que el señor Kurtz era el mejor agente que tenía, un hombre excepcional y de suprema importancia para la compañía, razón por la cual yo debía entender los motivos de su nerviosismo. Se encontraba, según me dijo, "muy, muy intranquilo". Por supuesto, se revolvía sobre la silla. Exclamó: "¡Ah, el señor Kurtz!", y rompió la barrita de lacre, quedándose como atónito ante el accidente. A continuación quiso saber "cuánto tiempo llevaría...". Lo interrumpí otra vez. Tal como se lo pueden imaginar, yo estaba hambriento y obligado a seguir de pie me estaba poniendo furioso. "¿Cómo podría saberlo?", le dije, "si aún ni siquiera he visto los daños. Seguramente, se necesitarán varios meses". La conversación me parecía de lo más fútil. "¿Varios meses?", dijo. "Bueno, pongamos tres meses antes de que podamos partir. Sí, eso debería ser suficiente para solucionar el asunto". Salí precipitadamente de su cabaña (vivía solo en una cabaña de barro con una especie de terraza), murmurando para mis adentros mi opinión acerca de él. Ese tipo era un estúpido charlatán. Tiempo después tuve que retractarme, cuando fui comprendiendo la excepcional precisión con que había calculado el tiempo que insumiría el "asunto".

»Al día siguiente comencé a trabajar dando, por así decirlo, la espalda a la estación. Solo así me parecía posible seguir manteniendo el control sobre los hechos redentores de la vida. Sin embargo, a veces uno tiene que mirar a su alrededor. Y entonces vi la estación, los hombres paseando sin rumbo por el cercado bajo los rayos del sol. Varias veces me pregunté sobre el significado de todo aquello. Vagaban de aquí para allá con sus absurdos palos en la mano, como una multitud de peregrinos embrujados en el interior de una cerca podrida. La palabra "marfil" resonaba en el aire, se murmuraba, se suspiraba. Uno podría pensar que hasta la incluían en sus plegarias. Un tufo a estúpida rapacidad flotaba por todas partes, como el hedor que se desprende de un cadáver. ¡Por Dios! Jamás en toda mi vida he visto nada tan irreal. Y afuera, el silencio salvaje que rodeaba el ínfimo claro en la espesura me impresionaba como algo grandioso e invencible, como el mal o la verdad, que aguardaba pacientemente a que pasara la fantástica invasión.

»¡Oh, qué meses aquellos! Bueno, no tiene mayor importancia. Sucedieron varias cosas. Una noche, una choza llena de percal, telas de algodón estampado, abalorios y quién sabe qué más estalló en llamas de manera tan repentina que cualquiera hubiera pensado que la tierra se había abierto para dejar que el fuego purificador consumiera toda aquella basura. Yo estaba al lado de mi desmantelado vapor fumando tranquilamente mi pipa, y vi correr a todo el mundo con los brazos levantados en medio del resplandor, cuando el robusto hombre de los bigotes llegó precipitadamente al río con un balde de hojalata en la mano y me aseguró que todo el mundo se estaba "comportando de manera espléndida, espléndida". Sacó más o menos un litro de agua y volvió a salir disparado. Me di cuenta de que había un agujero en el fondo del balde.

»Me acerqué con tranquilidad. No había apuro. Cualquiera podía darse cuenta de que había ardido como una caja de fósforos. Desde el primer momento, todo esfuerzo habría sido inútil. La llamarada se había elevado obligando a todo el mundo a apartarse e iluminándolo todo, y se había consumido. La cabaña ya no era más que un montón de brasas que brillaban con intensidad. No lejos de allí, le estaban dando una paliza a uno de los negros. Decían que él, de alguna manera, había provocado el incendio. Fuera cierto o no, gritaba de un modo horroroso. Luego lo vi durante varios días, sentado a la sombra, con aspecto de estar muy malherido e intentando recuperarse. Más tarde, se levantó y se marchó; la selva volvió a acogerlo en su seno sin un solo sonido. Al acercarme desde la oscuridad hacia el resplandor, me encontré detrás de dos hombres que hablaban entre sí. Les oí mencionar el nombre de Kurtz y a continuación las palabras "Sacar ventaja de este desafortunado incidente". Uno de los individuos era el director. Le di las buenas noches. Me dijo: "¿Había visto usted alguna vez algo así? Es increíble", y se fue. El otro permaneció allí. Era un agente de primera categoría, joven, cortés, algo reservado, con una pequeña barba partida y nariz aguileña. Se mantenía al margen de los otros agentes y ellos, por su parte, aseguraban que era el espía del director. Por lo que a mí se refiere, casi no había hablado con él anteriormente. Empezamos a conversar y al poco rato nos alejamos del siseo de las ruinas. Algo más tarde me invitó a su cuarto, que se encontraba en el edificio principal. Encendió un fósforo y me di cuenta de que el joven aristócrata no solo tenía un tocador montado en plata, sino además una vela entera toda suya. En ese momento se suponía que el único hombre con derecho a tener velas era el director. Las paredes de barro estaban cubiertas con tapices indígenas, toda una colección de lanzas, azagayas, escudos y cuchillos estaban colgados allí a modo de trofeos. Según me habían informado, la tarea confiada a aquel sujeto era la fabricación de ladrillos, pero no había ni un trozo de ladrillo en toda la estación. Llevaba más de un año esperando. Por lo visto, necesitaba algo para fabricarlos, no sé qué, paja quizá. En cualquier caso, allí no podía hallarlo y, como no era probable que lo enviaran desde Europa, no me resultaba nada fácil comprender qué es lo que estaba aguardando. Algún acontecimiento milagroso, tal vez. Al fin y al cabo todos ellos estaban esperando algo —todos, los dieciséis o veinte peregrinos—, y les doy mi palabra de que, tal y como se lo tomaban, no parecía una ocupación desagradable pese a que, por lo que pude ver, lo único que llegaba eran enfermedades. Mataban el tiempo murmurando e intrigando unos contra otros de un modo estúpido. En la estación reinaba un clima de intriga, aunque, desde luego, sin mayores consecuencias. Algo tan irreal como todo lo demás, como las pretensiones filantrópicas de la empresa, como su charla, como su administración y como las muestras de su trabajo. El único sentimiento real era el deseo de ser destinado a un puesto comercial donde pudiera conseguirse marfil y, de esa forma, ganar buenos porcentajes. Intrigaban, calumniaban y se odiaban unos a otros solo por eso, pero de ahí a mover un solo dedo, ¡oh, no! ¡Cielo santo! Al fin y al cabo hay algo en este mundo que permite a unos robar un caballo mientras que otros ni siquiera pueden mirar un ronzal. Robar un caballo, directamente. Muy bien. Hecho está. Puede que hasta sepa montarlo. Pero hay modos de mirar un ronzal que incitarían al más piadoso santo a propinar una patada.

»Yo no tenía la menor idea de la razón por la que quería mostrarse tan sociable pero, a medida que la conversación avanzaba, me dio la sensación de que estaba intentando averiguar algo; de hecho, me estaba sonsacando. De manera constante aludía a Europa y a las personas que se suponía que yo debía conocer allí, y me hacía preguntas encaminadas a descubrir quiénes eran mis amistades en la ciudad sepulcral. Sus pequeños ojos brillaban de curiosidad como dos discos de mica, pese a que él intentaba conservar cierto aire de suficiencia. Al principio me sorprendió mucho, pero pronto me entró una enorme curiosidad por averiguar qué era lo que pretendía obtener de mí. Me resultaba imposible imaginar qué podría tener yo que mereciera su atención. Era francamente divertido ver cómo se iba desconcertando ya que, a decir verdad, de mi cuerpo solo habría podido sacar escalofríos y en mi mente no había sitio más que para el desdichado asunto del vapor. Resultaba evidente que me tomaba por un perfecto e inescrupuloso corrupto. Finalmente terminó por enojarse y, para disimular un movimiento de irritación y disgusto, bostezó. Me incorporé. Entonces, descubrí sobre una tabla un pequeño boceto pintado al óleo que representaba a una mujer con los ojos vendados y envuelta en telas que portaba en su mano una pequeña antorcha encendida. El fondo era sombrío, casi negro; el movimiento de ella, majestuoso; y el efecto de la luz de la antorcha sobre el rostro, siniestro.

»Eso me retuvo y él siguió de pie educadamente, sosteniendo una botella vacía de media pinta de champán (remedios medicinales) que sostenía una vela. A mi pregunta, contestó que lo había pintado hacía un año el señor Kurtz en aquella misma estación, mientras aguardaban los medios para ir a su puesto comercial. "Por favor, dígame", le pregunté, "¿quién es ese señor Kurtz?".

»"El jefe de la Estación Interior", contestó con sequedad mirando hacia otro lado. "Muchas gracias", le dije riendo, "y usted es el fabricante de ladrillos de la Estación Central. Eso lo sabe todo el mundo". Se quedó un rato en silencio. "Es un prodigio", dijo por fin. "Es el emisario de la piedad, la ciencia, el progreso y el diablo sabe de cuántas cosas más. Queremos…", comenzó a declamar de pronto, "una inteligencia superior, considerable simpatía y unidad de propósito para dirigir la causa que, por así decirlo, nos ha encomendado Europa". "¿Quién dice eso?", le pregunté. "Muchos", respondió. "Hay incluso quien lo escribe y por eso él vino aquí, un ser excepcional, como usted debería saber". "¿Por qué debería saberlo?", lo interrumpí, en verdad sorprendido. No prestó la menor atención. "Sí, hoy es el jefe de la mejor estación, el año que viene será asistente en la dirección, dos años más y… pero me atrevería a decir que usted sabe lo que él será dentro de dos años. Usted forma parte del nuevo equipo, el de la virtud. La misma gente que lo envió a él lo recomendó expresamente a usted. Oh, no lo niegue. Lo he visto con mis propios ojos". Para mí fue como si se hiciera la luz. Las influyentes amistades de mi amada tía estaban produciendo un efecto inesperado en el joven. Estuve a punto de soltar una carcajada. "¿Lee usted la correspondencia confidencial de la compañía?", le pregunté. No pudo decir una palabra. Resultaba muy gracioso. "Cuando el señor Kurtz", proseguí con severidad, "sea el director general de la compañía no va a tener ocasión de hacerlo".

»Apagó la vela de repente y salimos. La luna había aparecido. Siluetas negras iban y venían con languidez vertiendo agua sobre las brasas de las que llegaba un sonido siseante. El humo ascendía a la luz de la luna. El negro golpeado gemía en alguna parte. "¡Qué escándalo arma ese animal!", exclamó el incansable hombre de bigotes apareciendo cerca de nosotros. "De algo le va a servir. Infracción. ¡Zas! Castigo, sin compasión, sin compasión. Es la única forma. Esto evitará que en el futuro haya otros incendios. Precisamente le decía ahora al director...". Se dio cuenta de la presencia de mi compañero y de pronto pareció perder la energía. "¿Todavía levantado?", preguntó con una especie de jovialidad servil. "Es natural. ¡Ah! Peligro, agitación...". Y desapareció. Me dirigí hacia la orilla del río y el otro me siguió. Llegó a mi oído un susurro mordaz: "¡Montón de inútiles, sigan!". Podía ver a los peregrinos en grupitos gesticulando, discutiendo. Varios aún tenían sus palos en la mano. En realidad creo que se los llevaban con ellos a la cama. Más allá de la cerca se alzaba la selva, espectral en el claro de luna y, a través del confuso revuelo, de los sonidos apagados, del lamentable vallado, el silencio de la tierra llegaba hasta el corazón de todos, su misterio, su grandeza, la asombrosa realidad de la existencia que escondía. El negro herido gemía débilmente en algún sitio cercano y en ese momento emitió un profundo suspiro que me impulsó a alejarme de allí. Noté cómo una mano se metía debajo de mi brazo. "Querido amigo", dijo el tipo, "no quiero ser malinterpretado, en especial por usted, que va a ver al señor Kurtz mucho antes de que yo pueda tener ese placer. No me gustaría que se hiciera una idea errónea de mi actitud…".

»Dejé que aquel Mefistófeles de cotillón continuara hablando. Tenía la impresión de que, de intentarlo, podría atravesarlo con el dedo índice y hurgar en su interior sin encontrar nada más que un poco de suciedad. ¿Se lo imaginan? Había estado conspirando con el director para, con el tiempo, llegar a ser su ayudante y quedaba claro que el arribo de Kurtz los había fastidiado a ambos. Hablaba de forma precipitada y no intenté detenerlo. Apoyé la espalda sobre los restos de mi vapor, remolcado hasta la pendiente como la carroña de algún gran animal del río. Tenía en mis narices el olor del barro, ¡del barro primordial, por Dios!, y ante mis ojos la enorme quietud de la selva. Había manchas brillantes en el río oscuro. La luna había tendido por todas partes una fina capa de plata: sobre la hierba exuberante, sobre el lodo, sobre el muro de vegetación enmarañada que se alzaba más alto que el muro de un templo, sobre el gran río que yo podía ver brillar a través de un hueco oscuro, brillar a medida que fluía anchurosamente sin un solo murmullo. Todo aquello era grandioso, expectante, mudo, mientras el otro mascullaba banalidades acerca de sí mismo. Me pregunté si la quietud del rostro de la inmensidad que nos observaba a ambos debía ser interpretada como un buen presagio o como una amenaza. ¿Qué habíamos hecho para terminar extraviándonos en semejante lugar? ¿Podríamos controlar aquella inmensidad silenciosa o sería ella la que nos dominaría a nosotros? Sentí lo grande, lo inmensamente grande que era aquella cosa que no podía hablar y que quizá también era sorda. ¿Qué es lo que ocultaba? Yo había visto salir de ella un poco de marfil y había oído decir que el señor Kurtz estaba allí. Había oído hablar mucho acerca de eso. ¡Dios es testigo! Pero no sé por qué, no me sugería ninguna imagen, como si me hubieran dicho que allí había un ángel o un demonio. Lo creía del mismo modo que alguno de ustedes podría creer que existen habitantes en Marte. Una vez conocí a un fabricante de velas escocés que estaba seguro, absolutamente seguro, de que en Marte vivía gente. Cuando le pedían algún detalle sobre su aspecto o sobre su conducta, se quedaba perplejo y decía entre dientes algo así como "andan en cuatro patas". Si se te ocurría tan solo sonreír, él, pese a tener sesenta años, era capaz de retarte a duelo. Yo no habría llegado tan lejos como para pelearme por Kurtz, pero estuve a punto de mentir por él. Ustedes saben que odio, detesto y me resulta intolerable la mentira, no porque sea más íntegro que el resto de las personas, sino tan solo porque me repugna. Hay un toque de muerte, un sabor a mortalidad en la mentira que es justo lo que más odio y detesto del mundo, y lo que procuro olvidar. Me hace sentir enfermo y desgraciado, como cuando se le da un mordisco a algo podrido. Supongo que es cuestión de temperamento. Pues bien, estuve a punto de mentir porque dejé que aquel joven estúpido creyera lo que quisiera sobre mis influencias en Europa. En un instante me convertí en un simulador como el resto de los hechizados peregrinos. Y solo porque intuía que, de algún modo, aquello podría serle de ayuda a ese tal Kurtz al que por ese entonces ni siquiera conocía…, no sé si me entienden. Para mí era tan solo una palabra. Era tan incapaz de ver una persona en aquel nombre como pueden serlo ustedes ahora. ¿Lo ven? ¿Ven la historia? ¿Ven algo ustedes? Tengo la sensación de que intento contarles un sueño, de que me empeño en vano, porque ningún relato puede transmitir la sensación del sueño, esa mezcla de absurdo, sorpresa y aturdimiento con una estremecida rebeldía que lucha por abrirse paso, esa sensación de ser capturado por lo increíble, que constituye la esencia misma de los sueños…

Permaneció un rato en silencio.

—No, es imposible. Es imposible transmitir las sensaciones vitales de cualquier momento dado de nuestra existencia, aquellas que le otorgan verdad y significado, su esencia sutil y penetrante. Es imposible. Vivimos igual que soñamos: solos.

Se detuvo otra vez, como si estuviera reflexionando, y añadió:

—Desde luego ustedes, amigos míos, ven en todo esto más de lo que yo pude ver en ese momento. Me ven a mí, a quien conocen…

La noche se había tornado tan oscura y profunda que los que escuchábamos apenas podíamos vernos unos a otros. Hacía ya un buen rato que él, que estaba sentado aparte, no era para nosotros más que una voz. Nadie dijo una sola palabra. Los demás podrían haberse dormido, pero yo estaba despierto. Escuchaba, escuchaba al acecho de la frase, de la palabra que me diera la pista del leve desasosiego inspirado por aquel relato, que parecía tomar forma por sí solo, sin necesidad de labios humanos, en el pesado aire nocturno del río.

—Sí, lo dejé que continuara —comenzó Marlow otra vez—, y que creyera todo lo que quisiera sobre los poderes que había detrás de mí. ¡Eso hice! ¡Y detrás de mí no había nada! Nada, salvo el viejo, condenado y maltrecho vapor en el que me apoyaba mientras él hablaba sin parar acerca de la necesidad de todo hombre de seguir adelante. "Cuando alguien se aventura hasta aquí, ya puede usted imaginar que no lo hace para contemplar la luna", me dijo. El señor Kurtz era un "genio universal" pero incluso para un genio sería más fácil trabajar con "las herramientas adecuadas: hombres inteligentes". Él no fabricaba ladrillos. ¿Por qué? Bueno, había una imposibilidad física, como yo bien sabía. Y si hacía de secretario para el director era porque ningún hombre en sus cabales puede rechazar absurdamente de gozar de la confianza de sus superiores. ¿Podía yo entenderlo? Por supuesto. ¿Quería alguna otra cosa? ¡Cielos, lo que yo quería eran remaches! Remaches. Para continuar con el trabajo y reparar el agujero. ¡Había cientos allá en la costa, pilas de cajones, rotos, reventados! Cada dos pasos que dabas en el patio, junto a la colina encontrabas un remache. Algunos habían rodado hasta el bosquecito de la muerte. Podía uno llenarse los bolsillos de remaches sin otra molestia que la de agacharse a recogerlos. Y allí, donde resultaban más necesarios, era imposible hallar uno solo. Teníamos chapas que nos podían servir, pero nada con qué fijarlas. Y cada semana el mensajero, un negro solitario, con la bolsa del correo al hombro y palo en mano, salía de nuestra estación en dirección a la costa. Y varias veces por semana llegaba de allí una caravana con mercancías para el comercio: un percal pésimo que daba escalofríos de solo mirarlo, cuentas de cristal de las de un penique el cuarto, pañuelos de algodón de un estampado confuso y ni un solo remache. Tres porteadores habrían bastado para traer todo lo necesario para volver a poner a flote el vapor.

»Ahora comenzaba a adoptar un tono confidencial, pero supongo que el hecho de no encontrar respuesta alguna de mi parte acabó por exasperarlo por completo, porque pareció juzgar necesario informarme de que él no le temía ni a Dios ni al diablo, por lo que mucho menos a un simple mortal. Le dije que me daba perfecta cuenta, pero que lo que yo necesitaba era una determinada cantidad de remaches, y que lo que el señor Kurtz hubiera pedido, si estuviera informado de la situación, serían remaches. Las cartas salían hacia la costa cada semana… "Señor mío", gritó, "yo escribo lo que me dictan". Seguí pidiendo los remaches. Un hombre inteligente cuenta con los medios para obtenerlos. Su actitud cambió. Su tono comenzó a ser frío y de repente comenzó a hablar de un hipopótamo. Me preguntó si cuando dormía a bordo (yo no me separaba ni de noche ni de día de mi rescatado vapor) no me molestaba. Había un viejo hipopótamo que tenía la mala costumbre de salir de noche a la orilla y vagar por los terrenos de la estación. Los peregrinos solían hacer guardia juntos y descargar sobre él todos los rifles a los que podían echar mano. Algunos incluso habían pasado noches en vela por él. No obstante, tanto esfuerzo había resultado inútil. "Ese animal tiene siete vidas", dijo, "pero en esta región eso solo puede decirse de los animales. Aquí no hay hombre, ¿entiende lo que quiero decir?, que las tenga". Permaneció un momento allí a la luz de la luna con su delicada nariz aguileña algo torcida y sus ojos de mica brillando sin parpadear. Entonces, con un seco "Buenas noches", se alejó a grandes zancadas. Yo podía darme cuenta de que se iba alterado y por demás confuso, lo que me hacía sentirme más esperanzado de lo que lo había estado los días anteriores. Fue un gran consuelo quitármelo de encima y volver con mi influyente amigo, el maltrecho, retorcido, y ruinoso vapor. Subí a bordo. El barco sonaba bajo mis pies como una lata vacía de galletitas *Huntley & Palmer* a la que se hiciera rodar a patadas por un desagüe. No era sólido, tampoco lindo, pero yo había invertido suficiente trabajo duro en él como para haberle tomado cariño. Ningún amigo influyente me habría sido de más ayuda. Me había procurado la oportunidad de moverme un poco y de averiguar qué es lo que era capaz de hacer. No, no me gusta el trabajo. Prefiero holgazanear y pensar en todas las cosas buenas que podrían hacerse. No me gusta el trabajo, a nadie le gusta, pero sí lo que se puede encontrar en él: la ocasión de hallarte a ti mismo. Tu propia realidad, para ti, no para los demás, lo que ningún otro hombre jamás podrá saber. Podrán ver la apariencia, pero nunca saber qué es lo que en realidad significa.

»No me sorprendió ver a alguien sentado en popa sobre la cubierta, con las piernas colgando por encima del barro. Miren, supongo que yo prefería tratarme con los pocos mecánicos que había en la estación y a los que el resto de los peregrinos despreciaban por la rudeza de sus modales. Aquel era el capataz, calderero de profesión, un buen trabajador. Era un hombre esbelto, huesudo, de tez amarilla, con ojos grandes e intensos. Tenía aspecto preocupado y su cabeza estaba tan calva como la palma de mi mano. Pero el cabello, al caérsele, parecía habérsele pegado al mentón y haber prosperado en su nuevo emplazamiento, puesto que la barba le llegaba hasta la cintura. Era viudo y tenía seis hijos pequeños (los había dejado a cargo de una hermana suya para ir allá); la pasión de su vida eran las palomas mensajeras, en lo que era un experto y un entusiasta. Se desvivía por ellas. Luego de las horas de trabajo, solía salir de su cabaña de vez en cuando y venirse a charlar un rato acerca de sus hijos y sus palomas. Cuando durante el trabajo tenía que arrastrarse por el lodo bajo el casco del vapor, se envolvía la barba en una especie de servilleta blanca con unos lazos para pasarlos por las orejas que llevaba con ese propósito. Por las noches se lo podía ver acuclillado en la orilla, lavando con sumo cuidado ese envoltorio en el torrente y extendiéndolo a continuación con solemnidad en algún matorral para que se secara.

»Le di una palmada en la espalda y exclamé: "Vamos a tener los remaches". Él se puso de pie de un salto y dijo como si no pudiera dar crédito a sus oídos: "¡No! ¡Remaches!". Luego, añadió en voz baja: "Usted... ¿eh?". No sé por qué nos comportábamos como lunáticos. Me puse el dedo junto a la nariz y asentí con la cabeza lleno de misterio. "¡Muy bien hecho!", chasqueó los dedos sobre la cabeza al mismo tiempo que levantaba un pie. Empecé a bailotear. Nos pusimos a hacer cabriolas encima de la cubierta metálica. Un estruendo espantoso surgió del viejo cascarón y la selva virgen, desde la otra orilla, lo devolvió como el retumbar de un trueno sobre la estación dormida. Aquello debió hacer que se levantara alguno de los peregrinos en sus cabañas. Una silueta oscureció la entrada iluminada de la vivienda del director y desapareció; un segundo o dos más tarde también se desvaneció la luz de la puerta. Nos detuvimos y el silencio que habíamos ahuyentado con nuestros pisotones fluyó de nuevo desde las profundidades de la tierra. El enorme muro de vegetación, una masa enmarañada y exuberante de troncos, ramas, hojas y lianas inmóviles bajo la luz de la luna, semejaba una invasión caótica de vida muda, una ola arrolladora de plantas amontonadas, a punto de romper sobre la corriente para barrernos a todos de nuestra ínfima existencia. Una explosión sorda de poderosos resoplidos y chapoteos llegó desde lejos, como si un ictiosaurio se estuviera bañando en el resplandor del gran río. "Después de todo", observó el calderero en tono razonable, "¿por qué no íbamos a conseguir los remaches?". En efecto ¿Por qué no? No se me ocurría ninguna razón que lo impidiera. "Llegarán en tres semanas", le aseguré confiado.

»Pero no fue así. En lugar de los remaches, llegó allí una invasión, un castigo, una visita. Arribó en secciones a lo largo de las siguientes tres semanas, cada sección encabezada por un burro encima del que iba montado un hombre blanco vestido con ropas nuevas y zapatos lustrosos, saludando a izquierda y derecha desde aquella altura a los peregrinos impresionados. Una cuadrilla pendenciera de negros descalzos y desarrapados marchaba detrás del burro; un equipaje de tiendas, sillas de campaña, cajas de hojalata, cajones blancos y fardos marrones eran depositados en el patio. El desorden de la situación acentuaba un poco el aire de misterio. Hubo cinco entregas como esa. Su absurdo aspecto, como de una huida desordenada con el botín de innumerables tiendas de pertrechos y almacenes de provisiones, lo llevaba a uno a pensar que habían sido arrancadas de la selva con el objetivo de hacer un reparto equitativo. Una mezcla indecible de cosas, inocentes en sí mismas, pero a las que la locura humana hacía parecer el botín de un robo.

»Aquella devota banda se autodenominaba Expedición de Exploradores de Eldorado y creo que habían hecho un juramento para guardar el secreto. De cualquier forma, su conversación era la charla de unos sórdidos filibusteros: temeraria, pero sin fuerza; codiciosa, aunque sin audacia, y cruel pero sin osadía. No había en todo el grupo ni un atisbo de previsión o planificación seria, y no parecían darse cuenta de que ambas cosas resultan necesarias para el trabajo en el mundo. Su único deseo consistía en arrancar los tesoros de las entrañas de la tierra, sin más apoyo moral que el que puedan tener unos ladrones cuando revientan una caja fuerte. Ignoro quién costeaba los gastos de tan noble empresa, pero el tío de nuestro director era el jefe de todos ellos.

»Tenía el aspecto de un carnicero de los suburbios, en sus ojos había una mirada de astucia soñolienta y ostentaba una obesa panza sobre sus cortas piernas. Durante el tiempo en que su banda infestó la estación, no habló con nadie salvo con su sobrino. Podía vérselos a los dos deambulando todo el día por ahí, con las cabezas una junto a la otra, inmersos en una suerte de confabulación interminable.

»Yo había dejado de preocuparme por los remaches. La capacidad que tiene uno para ese tipo de locuras es más limitada de lo que podría suponerse. Pensé: "¡Al diablo!", y dejé de molestarme. Tenía tiempo de sobra para meditar y de cuando en cuando me dedicaba a pensar en Kurtz. No es que él me suscitara demasiado interés. No. Sin embargo, sentía curiosidad por ver si aquel hombre, que había llegado allí equipado con ideas morales de algún tipo, finalmente alcanzaría la cima y qué es lo que haría una vez allí.

II

»Una noche, mientras estaba tendido en la cubierta de mi vapor, oí unas voces que se acercaban. Ahí estaban los dos, tío y sobrino, paseando a lo largo de la orilla. Volví a apoyar la cabeza sobre el brazo y, ya casi me había quedado dormido, cuando oí decir a alguien como si me hablara al oído: "Soy tan inofensivo como un niño, pero no me gusta que me manden. ¿Soy el director o no? Me ordenaron enviarlo allí. Es increíble...". Me di cuenta de que estaban los dos de pie, en la orilla junto a la proa del vapor, precisamente debajo de mi cabeza. No me moví, ni siquiera se me pasó por la cabeza hacerlo: estaba amodorrado. "Es muy desagradable", gruñó el tío. "Él pidió a la administración que lo mandaran allí", dijo el otro, "con la intención de demostrar lo que era capaz de hacer. Yo recibí instrucciones al respecto. Imagina la influencia que debe tener ese hombre. ¡Es espantoso!". Los dos estuvieron de acuerdo en que aquello era espantoso; luego hicieron otras extrañas observaciones: "Haz que llueva y haga buen tiempo... un hombre... el Consejo... por la nariz...", fragmentos de frases sin sentido que me fueron sacando de mi estado de somnolencia, de modo que ya casi había recuperado todo mi entendimiento cuando el tío dijo: "El clima podría resolver por ti esa dificultad. ¿Está allí solo?". "Sí", respondió el director. "Envió a su asistente río abajo con una nota para mí en estos términos: 'Saque a este pobre diablo del país y no se moleste en enviarme otro semejante. Prefiero estar solo antes que con el tipo de hombre de que usted puede disponer'. Eso fue hace más de un año. ¿Te imaginas semejante imprudencia?". "¿Alguna cosa desde entonces?", preguntó el otro con voz ronca. "Marfil", soltó el sobrino. "Mucho y de primera clase. Supongo que para fastidiar".

"¿De qué manera?", preguntó la voz áspera y sorda. "Facturas", fue la respuesta disparada, por decirlo de alguna forma. Después, el silencio. Habían estado hablando de Kurtz.

»Para ese entonces ya casi estaba por completo despierto. Pero, como estaba muy cómodo allí tendido y no vi motivo alguno para cambiar de postura, continué inmóvil. "¿Cómo llegó hasta aquí todo el marfil?, gruñó el más viejo, que parecía muy contrariado. El otro explicó que había llegado con una flota de canoas a las órdenes de un mestizo inglés que Kurtz tenía con él. Parece que el propio Kurtz había tenido la intención de hacer el viaje, ya que por aquella época el puesto se había quedado desprovisto de mercancías y provisiones, pero que, luego de recorrer trescientas millas, de repente había decidido pegar la vuelta, cosa que hizo él solo en una pequeña piragua con cuatro remeros, dejando que el mestizo siguiera río abajo con el marfil. Los dos tipos parecían asombrados de que alguien intentara algo así. Eran incapaces de encontrar un motivo que explicara la actitud. A mí, por mi parte, me pareció ver a Kurtz por primera vez. Una imagen precisa: la piragua, cuatro salvajes remando, y el hombre blanco solitario dándole de pronto la espalda a las oficinas principales, al descanso, quizás a los recuerdos del hogar, enfocando la mirada hacia las profundidades de la selva, hacia su campamento desolado y vacío. Yo no conocía sus motivos. Puede que fuera solo un buen sujeto que se había entusiasmado con su trabajo. Su nombre, como comprenderán, no había sido pronunciado una sola vez. Era solo "ese hombre". Al mestizo, quien por lo que pude entender había dirigido el dificultoso periplo con mucha prudencia y valor, lo llamaban sin excepción "ese canalla". El "canalla" había informado que el "hombre" había estado muy enfermo, que no se había recuperado del todo. Entonces los dos que estaban debajo se apartaron unos pasos y se pusieron a pasear de aquí para allá a poca distancia de mí. Oí: "Puesto militar... médico... doscientas millas... ahora, completamente solo... retrasos inevitables... nueve meses... sin noticias... extraños rumores". Se aproximaron nuevamente justo cuando el director decía: "Nadie que yo sepa, excepto una especie de traficante, un tipo insufrible que les arrebata el marfil a los indígenas".

»¿De quién hablaban ahora? Por los fragmentos que pude reunir, deduje que se trataba de alguien que tal vez estuviera en el distrito de Kurtz y que no gozaba de las simpatías del director. "No nos libraremos de la competencia desleal hasta que uno de esos tipos sea ahorcado a modo de ejemplo", agregó. "Por supuesto", gruñó el otro, "¡haz que lo cuelguen! ¿Por qué no? Todo, todo puede hacerse en este país. Es lo que yo digo: aquí nadie, ¿comprendes?, nadie puede poner en peligro tu posición. ¿Por qué? Porque resistes el clima. Sobrevives a todos los demás. El peligro está en Europa, pero de eso ya me ocupé yo antes de salir de...".

»Se alejaron y se pusieron a murmurar; luego, sus voces se elevaron otra vez. "La insólita serie de retrasos no fue culpa mía. Hice todo lo que pude". El gordo suspiró: "Es una lástima". "¡Y el nefasto despropósito de su conversación!", prosiguió el otro. "Me fastidió mucho cuando estuvo aquí: 'Cada estación debía ser como un faro en el camino hacia cosas mejores, un centro para el comercio, por supuesto, pero también para la humanización, la mejora, la enseñanza'. ¿Puedes concebir una cosa así? ¡Semejante burro! ¡Y quiere ser director! ¡No, es como...!".

»En ese punto el exceso de indignación terminó por atragantarlo. Levanté apenas la cabeza y me sorprendió ver lo cerca que estaban: los tenía justo debajo. Habría podido escupir sobre sus sombreros. Estaban mirando el piso, absortos en sus pensamientos. El director se golpeaba suavemente la pierna con una ramita. Su sagaz pariente alzó la cabeza. "¿Has estado bien de salud desde que volviste?", preguntó. El otro se sobresaltó "¿Quién, yo? ¡Oh!, de maravilla, de maravilla. Pero los demás, ¡Dios mío!, todos enfermos. Se mueren tan rápido que casi no tengo tiempo de enviarlos fuera del país, ¡es increíble!". "¡Hum...! Así es", gruñó el tío. "¡Ah!, muchacho confía en eso, te lo digo, confía en eso". Lo vi extender su brazo que parecía una aleta y señalar hacia la selva, el fango, el remanso, el río. El deshonroso ademán parecía sellar un pacto ante la faz iluminada de la tierra, ser una llamada traicionera a la muerte al acecho, al mal oculto, a las tinieblas de sus profundidades. Fue algo tan sobrecogedor que me puse de pie y miré hacia atrás, al lindero de la selva, como si aguardara algún tipo de respuesta ante tan siniestra demostración de fe. Ya saben, una de esas tontas ideas que ocasionalmente le pasan a uno por la cabeza. El imponente silencio hacía frente a aquellas dos figuras con su paciencia amenazante, esperando a que pasara una invasión fantástica.

»Luego, los dos hombres blasfemaron a la vez en voz alta (de puro miedo creo yo) y, fingiendo ignorar mi presencia, regresaron a la estación. El sol estaba bajo; inclinados uno junto al otro, parecían arrastrar con dificultad sus dos ridículas sombras que reptaban con lentitud tras ellos por encima de las altas hierbas, sin doblar una sola hoja.

»Pocos días más tarde, la Expedición de Exploradores de El Dorado partió hacia el interior de la paciente selva, que se cerró tras ella como lo hace el mar detrás de un buzo. Mucho después llegaron noticias de que todos los burros habían muerto. Nada sé acerca de la suerte que corrieron los otros animales, los de menor valor. Encontraron, qué duda cabe, lo que se merecían, como todos nosotros. No hice averiguaciones. Por aquel entonces me ilusionaba bastante la perspectiva de estar muy pronto con Kurtz. Cuando digo "muy pronto" quiero decir "relativamente": el día que llegamos a la orilla junto al puesto de Kurtz, hacía justo dos meses que habíamos dejado el remanso del río.

»Remontar el río era como regresar a los inicios de la Creación, cuando la vegetación se agolpaba sobre la tierra y los grandes árboles eran verdaderos reyes. Una corriente vacía, un silencio enorme, una espesura impenetrable. El aire era cálido, denso, pesado, apático. No había ninguna alegría en el resplandor del sol. Aquel sendero de agua corría desierto en la penumbra de las grandes extensiones. Cocodrilos e hipopótamos tomaban sol juntos en los bancos de arenas plateadas. Las aguas, ensanchándose, fluían entre una multitud de islas cubiertas de vegetación. Uno podía perderse en el río con la misma facilidad con la que lo haría en un desierto y tropezar todo el día con bancos de arena, tratando de dar con el canal, hasta llegar a creerse embrujado y aislado para siempre de todo lo que había conocido hasta entonces –lejos, en algún sitio–, quizás en otra vida. Había momentos en los que el pasado volvía a aparecer, como ocurre en ocasiones cuando no se dispone ni de un instante para dedicarle a uno mismo, pero lo hacía en forma de sueño ruidoso y agotador, recordado con asombro ante la realidad abrumadora de aquel extraño mundo de agua, plantas y silencio. Aquella quietud no se parecía en lo más mínimo a la paz. Era la inmovilidad de una fuerza implacable que meditaba melancólicamente acerca de algún propósito enigmático. Te observaba con aire vengativo. Más tarde me acostumbré. Dejé de notarlo; carecía de tiempo para hacerlo. Tenía que andar adivinando de manera constante el cauce del canal, debía distinguir, la mayor parte de las veces por pura intuición, los indicios de los bancos ocultos y vigilaba buscando piedras sumergidas. Aprendí a rechinar los dientes justo antes de que el corazón se me escapara cuando, de pura casualidad, esquivábamos algún viejo y disimulado obstáculo salido del infierno que hubiera podido terminar con la vida del vapor de lata y ahogado a todos los peregrinos, y debía estar atento a las señales que revelaban la presencia de madera seca que cortaríamos durante la noche para abastecer la caldera al día siguiente. Cuando uno tiene que ocuparse de ese tipo de cosas, de las que ocurren en la superficie, la realidad se desdibuja. Por suerte, la verdad interior está oculta. Aunque, pese a todo, yo la sentía. Con frecuencia experimentaba su misteriosa calma observándome mientras hacía mis diabluras, igual que los observa a ustedes cuando actúan en sus respectivas cuerdas flojas por... ¿cuánto es?... media corona la vuelta.

–Trata de ser más educado, Marlow –refunfuñó una voz, por lo que supe que aparte de mí había al menos otro oyente despierto.

—Les ruego que me perdonen. Al fin y al cabo, ¿qué importa el precio si las cosas están bien hechas? Ustedes hacen muy bien su trabajo. Y yo tampoco lo hice tan mal, ya que me las arreglé para no hundir el vapor en mi primer viaje. Aún me asombro de aquello. Imagínense un hombre con los ojos vendados al que le hicieran conducir un vehículo por un sendero en mal estado. Temblé y sudé lo mío, se los aseguro. Después de todo, para un marino arañar el fondo del objeto que se supone que debe mantenerse a flote mientras esté a su cuidado es el pecado más imperdonable. Es posible que nadie se dé cuenta, pero uno jamás olvida el choque, ¿eh? Es un golpe en el mismísimo corazón. Lo recuerdas, sueñas con él, te despiertas luego de años en mitad de la noche con escalofríos por todo el cuerpo y piensas en ello. No quiero decir con eso que el vapor flotara todo el tiempo. Más de una vez tuvo que vadear un poco, con veinte caníbales empujando y chapoteando a su alrededor. De camino habíamos enrolado a algunos de esos muchachos como tripulación. En su país, esos caníbales son buenos tipos. Hombres con los que se podía trabajar y aún hoy les estoy agradecido. Después de todo, no se devoraban unos a otros en mi presencia. Habían llevado consigo una provisión de carne de hipopótamo que se pudrió e hizo heder en mis mismas narices el misterio de la selva. ¡Puaj! Todavía puedo olerla. Llevaba a bordo al director y a tres o cuatro peregrinos con sus palos. Eso era todo. En ocasiones hallábamos un puesto junto a la orilla, aferrado a las faldas de lo desconocido; los hombres blancos salían con prisa de sus casuchas dando grandes muestras de alegría, sorpresa y bienvenida. Me resultaban muy extraños. Tenían todo el aspecto de haber sido víctimas de un hechizo. La palabra "marfil" resonaba durante un rato en el aire y nuevamente nos internábamos en el silencio, a lo largo de extensiones vacías, doblando recodos tranquilos, entre los altos muros de nuestra sinuosa ruta en los que resonaba el pesado ruido de la rueda de popa. Árboles, árboles, millones de árboles, imponentes, inmensos, trepando hacia lo alto y a sus pies, arrimado a la orilla, a contracorriente, avanzaba a paso de tortuga el pequeño y tiznado vapor, como un escarabajo perezoso sobre el suelo de un majestuoso pórtico. Uno se sentía muy pequeño, muy perdido y, sin embargo, la sensación no resultaba del todo deprimente. Al fin y al cabo, aunque fuésemos tan pequeños, el sucio escarabajo continuaba arrastrándose, tal como queríamos que lo hiciera. Ignoro hacia dónde imaginaban los peregrinos que se deslizaba, a pesar de que apuesto que pensaban que iba a algún sitio donde podrían conseguir alguna cosa. En cuanto a mí, se deslizaba exclusivamente hacia Kurtz. Pero cuando los tubos del vapor comenzaron a tener fugas, nos movimos con mucha lentitud. Las extensiones de agua se abrían ante nosotros y se cerraban a nuestra espalda, como si la selva hubiese avanzado despacio sobre las aguas para bloquear el camino de regreso. Penetrábamos más y más en el corazón de las tinieblas. Allí reinaba una calma de verdad. A veces, de noche, el retumbar de los tambores detrás de la cortina de árboles ascendía por el río quedándose vagamente suspendido, como si se cerniera en el aire encima de nuestras cabezas, hasta que despuntaba el día. Si significaba guerra, paz u oración, no lo sabíamos. La caída de una calma helada anunciaba el amanecer cada mañana. Los leñadores dormían, sus fogatas ardían sin fuerza, el crujido de una ramita lo habría sobresaltado a uno. Vagábamos por una tierra prehistórica, éramos vagabundos en una tierra que parecía un planeta desconocido. Nos podíamos ver a nosotros mismos como los primeros hombres en tomar posesión de una herencia maldita, que solo podría ser dominada al precio de angustias terribles y agotadores trabajos. Sin embargo, de repente, mientras luchábamos por doblar un recodo, entreveíamos unas paredes de juncos y tejados puntiagudos de hierba. Un estallido de alaridos, un remolino de extremidades negras, un amasijo de manos dando palmas, de pies pateando, de cuerpos en movimiento, de ojos en blanco bajo el follaje que pendía pesado e inmóvil. El vapor se deslizaba con dificultad junto al borde de un negro e incomprensible frenesí. ¿El hombre prehistórico nos maldecía, nos suplicaba, nos daba la bienvenida? ¿Quién podría decirlo? Nos resultaba imposible entender lo que nos rodeaba. Pasábamos deslizándonos como espectros, asombrados y con un horror secreto, cual hombres cuerdos ante un brote de entusiasmo en un manicomio. No podíamos comprender, porque aquello nos quedaba demasiado lejos y no podíamos recordar, ya que viajábamos en la noche de los primeros tiempos, tiempos que se han ido, casi sin dejar huellas ni recuerdos.

»La tierra no parecía la tierra. Nos hemos acostumbrado a ver al monstruo encadenado y vencido, pero allí uno podía verlo aborrecible y en libertad. Era algo sobrenatural y los hombres…, no, no eran inhumanos. Bueno, ya comprenderán. Eso era lo peor: la sospecha de que pudieran no ser inhumanos lo embargaba a uno poco a poco. Aullaban, saltaban, se colgaban de las lianas y hacían muecas espantosas, pero lo que en verdad estremecía era precisamente la idea de que fueran humanos como tú, la idea de tu remoto parentesco con aquella agitación salvaje y apasionada. Horrible. Sí, era en verdad horrible, pero cualquiera que fuera lo bastante hombre admitiría para sí que en él existía el rastro de una leve respuesta a la terrible franqueza de aquel ruido. La oscura sospecha de que había en todo aquello un sentido que uno, tan lejos en la noche de los tiempos, podía llegar a comprender. ¿Y por qué no? La mente del ser humano es capaz de todo, porque todo está en ella. Tanto el pasado como el futuro. ¿Qué es lo que había allí al fin y al cabo? Alegría, temor, pena, devoción, valor, ira. ¿Cómo saberlo? ¿Acaso algo diferente de la verdad, de la verdad desprovista del ropaje del tiempo? Dejemos a los idiotas que tiemblen y se estremezcan. El que es hombre lo sabe y es capaz de afrontarlo sin parpadear. Pero tiene que ser al menos tan hombre como los de la orilla. Debe enfrentarse a la verdad con su propio ser, con la fuerza innata dentro de él. ¿Los principios? No sirven de nada. Son adquisiciones, vestidos, harapos bonitos que se desprenden a la primera sacudida de verdad. No, lo que hace falta son creencias acerca de las que uno haya meditado antes.

¿De ese tumulto diabólico surge una llamada que me atrae? Muy bien, lo admito, la escucho, pero también yo tengo una voz y, para bien o para mal, no puede ser silenciada. Desde luego, un necio, por muy asustado y lleno de finos sentimientos que esté, siempre se encuentra a salvo. ¿Quién protesta? ¿Se preguntan si no bajé a bailar y aullar un poco en la orilla? Pues no, no lo hice. ¿Nobles sentimientos? ¡Al diablo con ellos! No tuve tiempo. Estaba demasiado ocupado con el albayalde y las tiras de manta de lana ayudando a vender las tuberías llenas de escapes. Debía estar atento al timón, esquivar los escollos y llevar adelante, por las buenas o por las malas, aquel montón de lata. En todo ello había suficientes verdades superficiales como para salvar a un hombre más juicioso que yo. Simultáneamente, tenía que vigilar al salvaje que hacía de fogonero. Un espécimen perfeccionado: sabía manejar una caldera vertical. Trabajaba debajo de donde yo estaba y les doy mi palabra de que mirarlo resultaba tan edificante como ver a un perro con unos calzones y un sombrero de plumas andar sobre las patas traseras. Unos meses de entrenamiento habían sido suficientes para transformarlo en un eficiente ayudante. Observaba de reojo el manómetro y el indicador del nivel del agua con evidentes e intrépidos esfuerzos. Además, el pobre diablo tenía los dientes limados, el pelo de la cabeza afeitado formando extraños dibujos y tres cicatrices decorativas en cada mejilla. Hubiera debido estar dando palmas y patadas en la orilla, y en vez de eso se esforzaba en su tarea, víctima de un extraño maleficio, y pletórico de conocimientos provechosos. Era útil porque había recibido algún tipo de instrucción. Él tan solo sabía lo siguiente: en caso de que el agua desapareciera de aquella cosa transparente, el espíritu maligno del interior de la caldera montaría en cólera a causa de la enormidad de su sed y se cobraría una terrible venganza. De modo que sudaba lo suyo, echaba leña al fuego y observaba atemorizado el cristal (con un amuleto improvisado hecho de trapos atado al brazo y un pedazo de hueso pulido del tamaño de un reloj insertado horizontalmente a través del labio inferior), mientras pasábamos deslizándonos junto a las orillas arboladas. El breve alboroto quedaba atrás, se sucedían interminables millas de silencio y nosotros continuábamos arrastrándonos hacia Kurtz. Sin embargo, los gruesos obstáculos, las aguas traicioneras y poco profundas, y la caldera, que realmente parecía albergar un demonio malhumorado, hacían que ni el fogonero ni yo contáramos con el tiempo suficiente como para escudriñar nuestros escalofriantes pensamientos.

»Unas cincuenta millas antes de llegar a la Estación Interior, encontramos una cabaña construida con cañas, un poste inclinado y melancólico con los jirones irreconocibles de lo que en otro tiempo había sido una bandera y un montón de leña apilada de manera prolija. Fue algo inesperado. Desembarcamos en la orilla y encontramos, junto a la pila de leña, un pedazo de tabla con unas palabras casi borradas escritas a lápiz. Una vez descifradas, vimos que decían lo siguiente: "La leña es para ustedes. Apúrense. Deben acercarse con cuidado". Había una firma ilegible, pero no era la de Kurtz, se trataba de un nombre mucho más largo. "Apúrense". ¿Adónde? ¿Río arriba? "Deben acercarse con cuidado". No lo habíamos hecho, pero la advertencia no podía referirse al sitio al que había que llegar para hallarla. Algo iba mal río arriba. Pero, ¿qué? ¿Y hasta qué punto? Esa era la cuestión. Hicimos algunos comentarios adversos acerca de la estupidez de aquel estilo telegráfico. La espesura en derredor no decía nada y tampoco iba a dejarnos ver gran cosa. Una cortina rasgada de tela roja colgaba a la entrada de la cabaña y aleteaba con tristeza frente a nosotros. La vivienda estaba desmantelada, pero se notaba que un hombre blanco había estado viviendo allí no hacía mucho. Todavía quedaba una tosca mesa, una tabla encima de dos troncos, un montón de basura en un rincón oscuro y un libro que recogí junto a la puerta. Había perdido las tapas y las páginas, de tanto manosearlas, habían quedado en extremo blandas y sucias; sin embargo, el lomo había sido recosido de manera amorosa con hilo blanco de algodón que todavía parecía limpio. Un hallazgo insólito. Se titulaba *Investigación acerca de algunos aspectos de la náutica*, y había sido escrito por alguien llamado Tower, Towson o algo por el estilo, capitán de navío de la Armada de Su Majestad. Como tema de lectura parecía bastante aburrido, con diagramas ilustrativos y repulsivas tablas de números. El ejemplar tenía sesenta años. Hojeé la sorprendente antigualla con el mayor cuidado posible, no fuera cosa que se deshiciera entre mis dedos. En su interior, Towson o Towser investigaba con seriedad la resistencia a la tensión de las cadenas y los aparejos de los barcos, y otras cuestiones semejantes. No era un libro muy apasionante, pero a primera vista se advertía en él una dedicación, una honesta preocupación por la manera correcta de ponerse a trabajar, que hacían que aquellas humildes páginas, meditadas hacía tantos años, tuvieran una luminosidad superior a lo estrictamente profesional. El viejo y sencillo marino, con su charla acerca de amarres y cadenas, me hizo olvidar la selva y los peregrinos, me proporcionó la deliciosa sensación de haber hallado algo que era inequívocamente real. Que semejante libro estuviese allí ya era bastante sorprendente, pero más asombrosas todavía eran las notas, sin duda referidas al texto, que había escritas a lápiz en los márgenes. ¡No podía dar crédito a lo que veía! ¡Estaban escritas en lenguaje cifrado! Sí, parecían estar en clave. Figúrense a un hombre cargando con un libro como el que les he descrito hasta aquella tierra de nadie, leyéndolo y escribiendo en él notas en clave. Era un misterio de lo más extravagante.

»Desde hacía un rato era apenas consciente de un molesto sonido y, cuando levanté la vista, vi que la pila de leña había desaparecido y que el director, junto a todos los peregrinos, me llamaba a los gritos desde la orilla. Me metí el libro en el bolsillo. Les aseguro que dejar de leer fue como abandonar de mala gana el cobijo de una vieja y sólida amistad.

»Arranqué el lisiado motor para seguir adelante. "Debe tratarse de ese traficante despreciable, ese intruso", exclamó el director mirando con mala intención hacia atrás. "Debe ser inglés", dije yo. "Eso no lo salvará de meterse en un buen lío si no es prudente", murmuró sombrío el director. Yo le hice ver con fingida inocencia que nadie en este mundo está a salvo de meterse en líos.

»Ahora la corriente era más rápida, el barco parecía a punto de exhalar su último aliento, la rueda del vapor caía pesada y sin fuerza, y me sorprendí a mí mismo escuchando en puntas de pie la llegada de cada palada, porque la pura verdad es que tenía miedo de que, en cualquier momento, el desdichado trasto dejara de funcionar. Era como asistir a los últimos momentos de una agonía, pero aun así continuábamos arrastrándonos. De vez en cuando, elegía un árbol que estuviera un poco por delante para medir nuestro avance hacia Kurtz pero, antes de que lo tuviéramos por el través, indefectiblemente lo perdía. Mantener la vista fija en un solo lugar durante tanto tiempo estaba más allá de la paciencia humana. El director hacía gala de una resignación maravillosa. Yo, por mi parte, me impacientaba, me encolerizaba y discutía conmigo mismo acerca de si debería o no hablarle abiertamente a Kurtz. Pero, antes de arribar a alguna conclusión, se me cruzó por la mente que tanto mi conversación como mi silencio, en realidad cualquier acto por mi parte, sería una pura futilidad. ¿Qué importaba lo que nadie supiera o dejara de saber? ¿Qué importaba quién fuera el director? A veces uno tiene un destello de clarividencia así. Lo esencial del asunto estaba muy por debajo de la superficie, fuera de mi alcance y más allá de mi poder de intromisión.

»Hacia la tarde del segundo día calculamos que debíamos encontrarnos a unas ocho millas de la estación de Kurtz. Yo quería seguir adelante, pero el director me dijo con aire de preocupación que a partir de ese punto la navegación resultaría tan peligrosa que sería recomendable aguardar hasta la mañana siguiente donde estábamos, pues el sol ya se encontraba muy bajo. Agregó, asimismo, que si queríamos tener en cuenta la advertencia de acercarnos con precaución, debíamos hacerlo a la luz del día y no al atardecer o en la oscuridad. Aquello resultaba bastante sensato.

Para nosotros, ocho millas implicaban casi tres horas de navegación y además yo había visto unas olas sospechosas en el curso superior del río. Sin embargo, no podría expresar con palabras el fastidio que me ocasionaba el retraso, lo cual, por otro lado, no dejaba de ser por completo absurdo, ya que luego de tantos meses una noche más no tenía demasiada importancia. Como estábamos bien provistos de leña y la consigna era "precaución", di orden de tirar el ancla en el centro del río. Allí el cauce era recto y angosto, con altas paredes de vegetación a los costados, como una trinchera de ferrocarril. El crepúsculo comenzó a cubrirnos mucho antes de que se pusiera el sol. La corriente fluía tersa y rápida, pero una silenciosa inmovilidad cubría los márgenes. Los árboles, enlazados unos con otros por las lianas y todos y cada uno de los arbustos de la selva, parecían haberse transformado en piedra, incluso la rama más delgada, la hoja más ligera. Aquello no se parecía a un sueño, era algo sobrenatural, como un estado de trance. No se oía ni el más mínimo sonido. Se quedaba uno allí, mirando lleno de asombro, y comenzaba a sospechar si no se había quedado sordo. Luego, la noche llegó de pronto, dejándonos, además, ciegos. Alrededor de las tres de la madrugada saltó un pez y el sonido del chapoteo que produjo me sobresaltó como si hubieran lanzado un cañonazo. Cuando salió el sol había una neblina blanca, muy cálida y pegajosa, aún más cegadora que la noche. No se modificaba ni se movía: tan solo te envolvía como si fuera algo sólido. Hacia las ocho o las nueve, se levantó tal como lo hace una persiana. Por un instante, vislumbramos la imponente masa de árboles y la inmensidad de aquella enmarañada selva con el disco del sol colgando por encima de ella, todo en una inmovilidad absoluta. Entonces, la persiana blanca descendió nuevamente, con suavidad, como si se deslizara por rieles bien engrasados. Ordené que volvieran a echar el ancla, que ya habíamos comenzado a recoger. Antes de que acabara de caer con un traqueteo sordo, se elevó por el aire casi opaco un grito, un grito muy fuerte de una desolación infinita. Después cesó y un clamor lastimoso lleno de salvajes disonancias inundó nuestros oídos. Lo absolutamente sorpresivo de aquel griterío hizo que se me erizara el cabello debajo de la gorra. Ignoro cómo afectó a los demás ese estrépito lúgubre y tumultuoso. Fue algo tan de repente, daba tanto la impresión de surgir simultáneamente de todos lados, que me pareció que había gritado la mismísima niebla. Finalizó con una explosión apasionada de chillidos exagerados, casi insoportables, que se detuvo de repente dejándonos paralizados en toda una gama de posiciones estúpidas, escuchando con obstinación el silencio casi igual de exagerado y de aterrador.

»¡Dios mío! ¿Qué es esto?", murmuró junto a mi hombro uno de los peregrinos, un hombrecito gordo, de cabello rubio y patillas pelirrojas que usaba botas de goma y vestía un pijama color rosa recogido en los tobillos. Otros dos se quedaron boquiabiertos por un minuto y a continuación entraron de manera precipitada en el camarote, salieron, y permanecieron allí, lanzando atemorizadas miradas con los Winchester "dispuestos" en la mano. Lo único que se veía era el vapor en el que estábamos, cuyos contornos estaban tan borrosos que parecían a punto de disolverse, y una franja transparente de agua de algo más de dos pies de ancho a su alrededor. Nada más. Por lo que a nuestros ojos y oídos se refiere, el resto del mundo había desaparecido. Simplemente no existía. Se había ido, esfumado sin dejar ni un susurro ni una sombra tras él.

»Fui a proa y ordené recoger de inmediato la cadena del ancla, de modo que, en caso de que fuera necesario, pudiéramos levar anclas y poner en marcha el vapor en el acto. "¿Nos atacarán?", susurró una voz acobardada. "Nos van a masacrar a todos en esta niebla", murmuró otro. Las caras se crispaban de tensión, las manos temblaban un poco, los ojos dejaban de parpadear. Resultaba muy curioso notar el contraste entre las expresiones de los blancos y las de los negros de la tripulación, quienes en aquel sector del río eran tan forasteros como nosotros, aunque sus hogares estuvieran tan solo a ochocientas millas de allí. Los blancos, muy desconcertados desde luego, tenían además el curioso aspecto de haber sido dolorosamente sorprendidos por semejante estruendo. Los otros conservaban una expresión naturalmente interesada y de alerta pero, ante todo, sus semblantes reflejaban calma, incluso los de los dos o tres que hacían muecas mientras recogían la cadena. Muchos intercambiaban, casi con gruñidos, frases breves que parecían resolver para ellos el asunto a su entera satisfacción. Su jefe, un joven negro de espaldas anchas, ataviado severamente con telas ribeteadas de color azul, con fosas nasales feroces y el cabello decorado de modo artístico con grasientos tirabuzones, se encontraba a mi lado. "¡Ajá!", dije yo como muestra de buena camaradería. "Agárrenlos", dijo de repente, mientras se le dilataban los ojos como inyectados en sangre y le refulgían los dientes afilados. "Agárrenlos y dénoslos a nosotros". "¿A ustedes?", pregunté. "¿Para qué?". "¡Para comerlos!", dijo con brusquedad, y miró hacia la niebla apoyando el codo en la borda y adoptando una actitud digna y profundamente pensativa. Sin duda, debería haberme horrorizado de no haber sabido que él y sus compañeros debían de estar hambrientos; que, desde hacía por lo menos un mes, su apetito necesariamente tenía que haberse incrementado. Llevaban seis meses enrolados (no creo que ninguno de ellos tuviera una idea clara del tiempo como la que hemos adquirido nosotros luego de incontables generaciones. Ellos aún pertenecían a los orígenes del tiempo, era como si carecieran de una experiencia heredada de la que pudieran aprender), y por supuesto mientras río abajo existiera un trozo de papel redactado de acuerdo con esta o aquella ridícula ley, nadie se iba a complicar la existencia preguntándose de qué iban a vivir. Es verdad que habían llevado con ellos algo de carne de hipopótamo putrefacta pero, de todas maneras, tampoco les habría durado mucho, incluso si los peregrinos no hubieran arrojado buena parte de ella por la borda en medio de una desagradable riña. Pareció un proceder arbitrario, pero en realidad se trataba de un caso de legítima defensa. Resulta imposible respirar hipopótamo muerto al dormir, al despertarse y a la hora de la comida, y al mismo tiempo conservar un precario apego por la vida. Además, cada semana les habían proporcionado tres trozos de alambre de latón de unas nueve pulgadas de longitud y teóricamente ellos debían comprar sus provisiones con aquella moneda en los pueblos de la orilla del río. Ya lo pueden ir imaginando: o no había tales pueblos o sus habitantes eran hostiles o bien el director, quien como el resto de nosotros se alimentaba a base de conservas a las que de cuando en cuando añadíamos algún cabrito, se negaba detener el vapor por razones más o menos ocultas. De modo que, a no ser que se comieran el alambre o fabricaran redes para atrapar peces con él, no llego a entender qué utilidad podía tener para ellos tan extraño salario. Pero admito que se lo pagaban con la regularidad digna de una importante y respetable compañía mercantil. Por lo demás, la única cosa comestible (a pesar de que por su aspecto no parecía serlo en absoluto) que vi en su poder eran unos pocos trozos de una especie de pasta medio cocida, de un color azul sucio, que guardaban envueltos en hojas y de los que, de cuando en cuando, engullían algún bocado, aunque tan pequeño que daba la impresión de que lo hacían más por guardar las apariencias que por un propósito serio de sustento. Aún hoy, cuando pienso en ello, me asombra que, atormentados por los demonios del hambre, no nos atacaran (eran treinta contra cinco) y se dieran con nosotros un buen atracón. Eran hombres altos y fornidos, casi sin capacidad de sopesar las consecuencias, valerosos, incluso fuertes, pese a que su piel había dejado de estar lustrosa y sus músculos ya habían perdido algo de firmeza. Me di cuenta de que ahí se ponía en juego algún tipo de inhibición, uno de esos secretos del género humano que desafían las leyes de la probabilidad. Los miré con un repentino aumento de interés y no porque se me ocurriera que antes de que pasara mucho tiempo podía ser devorado por ellos, pese a que tengo que reconocer que justo entonces me di cuenta (como si lo viera bajo una nueva luz) del aspecto tan poco saludable que tenían los peregrinos.

Y llegué a desear, sí, deseé con toda mi alma que mi apariencia no fuese, ¿cómo decirlo?, tan poco apetitosa. Fue un toque de fantástica vanidad que encajaba muy bien con las sensaciones casi oníricas que impregnaban todos mis días de aquel entonces. También es posible que tuviera un poco de fiebre. ¡Uno no puede estar todo el tiempo tomándose el pulso! De vez en cuando tenía "algo de fiebre" o alguna que otra ligera indisposición. Eran los zarpazos juguetones de la selva, las bromas preliminares del ataque más grave, que tuvo lugar a su debido tiempo. Sí, los miré como lo harían ustedes con cualquier ser humano: con curiosidad por conocer cuáles serían sus impulsos, sus motivaciones, sus capacidades y sus debilidades si tuvieran que pasar por la prueba de una inexorable necesidad física. ¡Un freno! Pero, ¿qué tipo de freno? ¿Se trataba de superstición, de repugnancia, de paciencia, de temor o de alguna forma de honor primitivo? Ningún miedo puede competir con el hambre, no existe paciencia capaz de terminar con ella, la repugnancia simplemente no existe allí donde hay hambre, y por lo que se refiere a la superstición, las creencias y lo que ustedes podrían llamar principios, no son más que hojas muertas arrastradas por el viento. ¿Saben lo infernal que puede llegar a ser una hambruna prolongada, la exasperación que produce ese tormento, los pensamientos negros que la acompañan, su ferocidad siniestra y sombría? Pues bien, yo sí. Son necesarias todas las fuerzas innatas de un ser humano para combatir como es debido con el hambre. Resulta mucho más sencillo enfrentarse a la pérdida de un ser amado, al deshonor, al extravío de la propia alma que a ese tipo de inanición prolongada. Es triste, pero es verdad. Además, aquellos hombres no tenían ninguna razón para experimentar el menor tipo de escrúpulo. ¡Un freno! Podía esperarse hallar un freno similar en una hiena que merodea entre los cadáveres de un campo de batalla. Pero allí, frente a mí, estaban los hechos, el hecho asombroso que podía ver, como un pliegue de un inexplicable enigma, un misterio mayor, si pienso bien en ello, que aquella curiosa e inexplicable nota de desesperación y dolor en el clamor salvaje que nos había llegado de las márgenes del río, más allá de la blancura ciega de la bruma.

»Dos peregrinos discutían con susurros apresurados acerca de cuál de las dos orillas estaba ocupada "La izquierda". "No, no; pero ¿cómo puedes decir eso? La derecha, desde luego, la derecha". "Esto es muy preocupante", dijo detrás de mí la voz del director. "Lamentaría que algo le sucediera al señor Kurtz antes de que lleguemos allí". Lo miré y no tuve la menor duda de que estaba siendo sincero. Era el tipo de hombre al que le gusta mantener las apariencias. Ese era su freno. Pero cuando murmuró algo sobre ponernos de inmediato en camino, ni siquiera me tomé la molestia de contestarle. Él sabía tan bien como yo que era imposible. En cuanto dejáramos de aferrarnos al fondo, quedaríamos por completo en el aire, en el espacio. Nos resultaría imposible saber hacia dónde nos estábamos moviendo, a favor, en contra o a través de la corriente, hasta que nos topáramos con una de las dos orillas. Y, aún entonces, en los primeros momentos, no podríamos saber de cuál de las dos se trataba. Desde luego, ni me moví. No tenía el menor interés en que nos estrelláramos. No pueden imaginar un sitio peor para un naufragio. Era evidente que, tanto si nos ahogábamos en el acto como si no, habríamos muerto rápidamente de una u otra forma. "Lo autorizo a correr todos los riesgos que sean necesarios", dijo tras un breve silencio. "Y yo me niego a arriesgarme lo más mínimo", contesté con sequedad. Esa era precisamente la respuesta que él esperaba, aunque puede que el tono empleado lo sorprendiera un poco. "Bien, debo aceptar su parecer. Usted es el capitán", dijo de modo muy educado. Para demostrarle mi agradecimiento le di la espalda y miré hacia la bruma. ¿Cuánto tiempo duraría? Nuestras perspectivas resultaban de lo más desoladoras. El camino que llevaba hasta ese Kurtz, que escarbaba en busca de marfil en aquella maldita selva, estaba tan lleno de peligros como si se tratara de una princesa encantada dormida en un fabuloso castillo. "¿Usted cree que atacarán?", preguntó el director adoptando un tono reservado.

»Yo me inclinaba a pensar que no nos atacarían, por razones obvias. Una de ellos era la espesa niebla. Si abandonaban la orilla a bordo de sus canoas, se perderían exactamente de la misma manera en lo haríamos nosotros si intentábamos movernos. Además, me había dado la impresión de que la selva era casi impenetrable en ambas orillas y que aun así había ojos en ella que nos habían visto. Por supuesto, la vegetación en los márgenes del río era muy espesa, pero resultaba evidente que la maleza de atrás era penetrable. Sin embargo, durante los breves instantes en los que se levantó la niebla, no había visto una sola canoa en todo el tramo y aún menos a los lados del vapor. Pero lo que en mi opinión hacía casi inconcebible la posibilidad de un ataque era la propia naturaleza del ruido, de los gritos que habíamos escuchado. Carecían de esa característica ferocidad que presagia la inminencia de una acción hostil. Pese a lo violentos, salvajes y repentinos que habían sido, me habían transmitido una sensación de tristeza insoportable. Por algún motivo, la vista del vapor había llenado a los salvajes de un pesar casi infinito. El peligro, si es que existía alguno, expliqué, se derivaba de nuestra proximidad a una pasión humana desatada. Incluso el dolor extremo puede finalmente degenerar en violencia, aunque más a menudo tome la forma de la apatía…

»¡Deberían haber visto la mirada atónita de los peregrinos! No se animaban a sonreírme ni a insultarme. Creo que pensaron que me había vuelto loco, tal vez de miedo. Les regalé una detallada conferencia. Amigos míos, de nada servía preocuparse. ¿Mantenernos en guardia? Bueno, ya supondrán que escudriñaba la niebla, igual que un gato observa a un ratón, a la espera de un indicio de que comenzara a levantarse. Pero, excepto para eso, nuestros ojos no nos eran de mayor utilidad que si hubiéramos estado enterrados a miles de metros de profundidad debajo de una montaña de algodón. Y así me sentía yo: asfixiado y sofocado. Además, todo lo que decía, a pesar de que pudiera parecer extraño, estaba por completo de acuerdo con la realidad. El suceso al que más tarde nos referiríamos como "un ataque", fue en realidad un intento de rechazarnos. Aquella acción estuvo muy lejos de ser agresiva, ni siquiera defensiva en el sentido habitual del término. Fue llevada a cabo bajo la presión de la desesperación y fue esencialmente protectora.

»Yo diría que aquello tuvo lugar unas dos horas después de que levantara la niebla, y se inició más o menos una milla y media antes de llegar a la estación de Kurtz. Acabábamos de doblar un recodo dando tumbos de forma penosa, cuando vi una isla, un simple montículo cubierto de hierba de un verde brillante, en medio de la corriente. No se veía más que uno pero, a medida que la vista se iba despejando, me di cuenta de que era la cabecera de un largo banco de arena o, mejor dicho, de una cadena de pequeños bancos poco profundos, que se extendía a lo largo del río. Estaban descoloridos, junto a la superficie, y el conjunto se veía bien bajo la corriente, de la misma forma en que se ve debajo de la piel y a lo largo de su espalda la columna vertebral de un hombre. Bueno, hasta donde alcancé a ver, era posible continuar por la izquierda o por la derecha del banco. Desde luego, no conocía ninguno de los canales. Las orillas tenían un aspecto muy similar y la profundidad parecía ser la misma. Pero como me habían informado de que la estación estaba en la orilla occidental, naturalmente puse rumbo al paso del oeste.

»Acabábamos de entrar en él, cuando me di cuenta de que era mucho más estrecho de lo que había pensado. A nuestra izquierda estaba el largo e ininterrumpido banco de arena y a la derecha, una orilla alta, de pendiente pronunciada y cubierta de una densa vegetación. Por encima de la maleza se elevaban los árboles en filas apretadas. El follaje pendía pesadamente sobre la corriente y de cuando en cuando una gran rama de árbol se elevaba rígida por sobre el agua. La tarde estaba ya bastante avanzada, el rostro de la selva mostraba su aspecto lóbrego y sobre el agua ya había caído una ancha franja de sombra bajo la cual navegábamos río arriba, pese a que, como entenderán, lo hacíamos con mucha lentitud. Acerqué el vapor tanto como pude a la orilla, ya que, según revelaba el palo de la sonda, el agua tenía allí más profundidad.

»Uno de mis hambrientos e indulgentes amigos medía la profundidad a proa, justo debajo de donde yo me encontraba. El vapor era una suerte de lanchón con cubierta y en esta había dos casetas de madera de teca con puertas y ventanas. La caldera estaba a proa y la maquinaria justo en la popa. Sobre todo aquello se extendía una delgada techumbre sujeta por varios puntales. La chimenea emergía a través del tejado y enfrente de ella había una pequeña cabina construida con delgados tablones que albergaba al timonel. En su interior había una litera, dos sillas de campaña, un rifle cargado apoyado en un rincón, una pequeña mesa y la rueda del timón. Tenía una alta puerta al frente con postigos a los costados que, desde luego, siempre estaban abiertos de par en par. Me pasaba los días ahí arriba, en el extremo de proa del tejado, frente a la puerta. Por las noches dormía, o al menos lo intentaba, en la litera. El timonel era un negro atlético proveniente de alguna de las tribus de la costa que había sido instruido por mi desdichado predecesor. Iba envuelto de la cintura a los tobillos en una tela azul, lucía un par de pendientes de bronce y debía pensar que tenía el mundo en sus manos. Era el chiflado más insensato que he visto en mi vida. Si estabas por allí cerca, manejaba el timón dándose muchos humos, pero si te perdía de vista era presa de un temor abyecto y dejaba que, en menos de un minuto, el control del tullido vapor se le fuera de las manos.

»Estaba muy contrariado mirando el palo de la sonda, porque cada vez sobresalía más del agua, cuando de pronto vi que el encargado de la sonda dejaba su trabajo y se tendía encima de la cubierta sin ni siquiera tomarse la molestia de subir a bordo el palo. Eso sí: siguió sosteniéndolo, de modo que iba dejando una estela en el agua. En ese mismo instante el fogonero, a quien también podía ver por debajo de mí, se sentó con brusquedad delante del horno y hundió la cabeza entre las manos. Yo estaba asombrado. Después tuve que prestar atención al río porque había un obstáculo en el canal. Varillas, pequeñas varillas volaban a montones a mi alrededor: zumbaban ante mis narices, caían delante de mí, chocaban detrás contra la garita del timonel. Durante todo el tiempo, el río, la orilla, la selva siguieron muy silenciosos, en completo silencio. Solo se podía oír el pesado chapoteo de la rueda del vapor y el golpeteo de aquellas cosas. No sin torpeza, evitamos el obstáculo. ¡Dios mío, flechas! ¡Nos estaban disparando! Entré rápidamente a la cabina a cerrar la ventana que daba a la orilla. El estúpido del timonel daba saltos levantando las rodillas mientras se agarraba a las cabillas del timón, pisoteaba el suelo y se mordía los labios como un caballo sujeto por el freno. ¡Maldito sea! ¡Estábamos haciendo eses a menos de diez pies de la orilla! Al asomarme para cerrar las ventanas vi un rostro entre las hojas, a mi misma altura, mirándome fijamente con gran ferocidad. Entonces, como si me hubieran quitado un velo de los ojos, distinguí en lo profundo de la penumbra de la maleza pechos desnudos, brazos, piernas, ojos que brillaban. La selva bullía de miembros humanos en movimiento, relucientes, del color del bronce. Las flechas salían de entre las ramas que temblaban, se inclinaban y crujían; luego conseguí cerrar la ventana.

»"¡Mantén el rumbo!", le grité al timonel, que tenía la cabeza erguida y la vista al frente, pese a que ponía los ojos en blanco y continuaba levantando y bajando los pies con suavidad. Se le veía un poco de espuma en la boca. "¡Quédate quieto!", le chillé furioso. Pero era como ordenarle a un árbol que dejara de inclinarse con el viento. Me precipité afuera. Se produjo un gran estrépito de pasos sobre la cubierta metálica, debajo de donde me encontraba. Entre exclamaciones confusas, una voz gritó: "¿Puede dar la vuelta?". De repente, un poco más adelante, vi en el agua unas ondas en forma de V. ¿Qué? ¡Otro obstáculo! Una descarga cerrada estalló bajo mis pies. Los peregrinos habían abierto fuego con sus Winchester y estaban llenando de plomo la selva. Se elevó una humareda que fue avanzando lentamente hacia delante. La maldije. Ahora ya no podía ver ni el remolino ni el obstáculo. Me quedé, escrutando, en la puerta, mientras nubes de flechas caían sobre nosotros. Puede que estuvieran envenenadas, pero por su aspecto no habrían matado ni a una mosca. La selva comenzó a aullar. Nuestros leñadores lanzaron su grito de guerra. El disparo de un rifle que se produjo justo detrás de mí me ensordeció. Miré por encima del hombro: la cabina del piloto todavía estaba llena de humo y de ruido cuando me abalancé encima del timón. Aquel negro imbécil lo había soltado para abrir la ventana de par en par y asomar el Martini-Henry. Estaba de pie, al descubierto, frente a la ventana. Mientras corregía el rumbo del vapor le grité que se apartara. No había manera de dar la vuelta. El obstáculo estaba muy cerca, en algún lugar delante de nosotros, detrás de la maldita humareda, y no había tiempo que perder, así que acerqué el barco a la orilla, junto al mismo borde del río, donde sabía que el agua era profunda.

»Pasamos junto a los arbustos en medio de un torbellino de ramas rotas y hojas que revoloteaban. De pronto cesaron las descargas, tal y como había previsto que ocurriría cuando vaciasen los cargadores. Eché la cabeza atrás al escuchar un súbito zumbido que atravesó la cabina: entró por una ventana y salió por la otra. Al mirar hacia el timonel loco que agitaba el rifle descargado y chillaba en dirección a la orilla, vi vagas formas de hombres que corrían agachados, saltaban, se deslizaban, inconfundibles, incompletos, evanescentes. Algo grande apareció en el aire delante de la ventana, el rifle cayó por la borda y el timonel dio rápidamente un paso atrás, me miró por encima del hombro de una forma extraña, profunda y familiar, y cayó a mis pies. Golpeó dos veces con la cabeza la rueda del timón y derribó un pequeño taburete con el extremo de lo que aparentaba ser un largo palo. Parecía como si luego de arrebatarle ese objeto a alguien en la orilla, el esfuerzo le hubiera hecho perder el equilibrio. La humareda se había disipado, habíamos sorteado el obstáculo y vi que unas cien yardas más adelante ya podría girar y apartar el vapor de la orilla; pero notaba los pies tan tibios y húmedos que no me quedó más remedio que mirar hacia abajo. El hombre había caído de espaldas y me miraba fijamente mientras sujetaba el palo con ambas manos. Era el mango de una lanza que le habían arrojado o clavado a través de la ventana y que lo había alcanzado en un costado, justo debajo de las costillas. La hoja, luego de producirle una herida terrible, se le había quedado dentro. Mis zapatos estaban empapados. Debajo del timón brillaba sin estridencias un charco de sangre de color rojo oscuro y sus ojos refulgían con un extraño resplandor. El tiroteo comenzó otra vez. Me miraba lleno de ansiedad mientras sujetaba la lanza como si se tratara de algo muy valioso, como si tuviera miedo de que yo tratara de arrebatársela. Tuve que hacer un esfuerzo para apartar la mirada y atender al timón. A tientas, busqué por encima de mi cabeza el cable del silbato y comencé a dar tirones, haciéndolo sonar apresuradamente pitido tras pitido. El tumulto de los chillidos hostiles y guerreros cesó en el acto. A continuación, surgió de las profundidades de la selva un largo y tembloroso lamento, mezcla de la desesperación más absoluta y de un temor melancólico, semejante al que imaginaría uno oír el día en que se esfumara la última esperanza de la faz de la tierra. En la espesura se produjo una gran conmoción. Se detuvo la lluvia de flechas, sonaron algunos disparos aislados y se hizo el silencio. El lánguido golpeteo de la rueda del vapor llegaba con claridad a mis oídos. Giré el timón a estribor en el preciso momento en el que aparecía en la puerta, muy agitado y acalorado, el peregrino del pijama rosa. "Me envía el director...", empezó a decir en tono solemne y de repente se quedó en silencio. "¡Dios mío!", exclamó mirando al herido.

»Los dos hombres blancos nos quedamos observándolo mientras su inquisitiva y lustrosa mirada nos envolvía a ambos. Confieso que me pareció que iba a preguntarnos algo en algún idioma inteligible, pero murió sin emitir sonido alguno, sin mover un miembro, sin contraer un músculo. Tan solo en el último momento frunció el ceño, como respondiendo a alguna señal invisible para nosotros, a algún murmullo que no podíamos oír. Ese gesto le proporcionó a su negra máscara mortuoria una expresión inconcebiblemente sombría, siniestra y amenazante. El resplandor de sus ojos inquisitivos se desvaneció con rapidez en un vidrioso vacío.

»"¿Sabe gobernar el timón?", le pregunté con impaciencia al peregrino. Pareció dudarlo, pero lo tomé del brazo y comprendió de inmediato que era una orden, más allá de lo que él supiera o no. Para serles sincero, me dominaba una ansiedad morbosa por cambiarme de zapatos y calcetines. "Está muerto", murmuró el tipo muy impresionado. "No cabe la menor duda", le dije mientras tiraba como loco de los cordones de mis zapatos, "y, por lo que puedo ver, tengo la impresión de que a estas horas también el señor Kurtz debe estarlo".

»Aquel era mi pensamiento dominante. Cundió una sensación de desconsuelo extremo. Fue como si me hubiera dado cuenta de que había luchado por conseguir algo que carecía por completo de importancia. No me habría sentido más disgustado si hubiera recorrido todo el camino con el único propósito de conversar con el señor Kurtz. Hablar con..., tiré un zapato por la borda y me di cuenta de que era exactamente lo que había estado deseando: hablar con Kurtz. Hice el extraño descubrimiento de que en ningún momento lo había imaginado en acción, sino tan solo disertando. No me dije a mí mismo: "Ahora ya no lo veré nunca", ni: "Ahora nunca podré estrechar su mano", sino: "Ahora nunca oiré su voz". Ese hombre no era para mí más que una voz. Desde luego, no quiero dar a entender que no lo relacionara con ninguna clase de actividad. ¿Acaso no había yo escuchado, en todos los tonos imaginables de la envidia y la admiración, que él había reunido, intercambiado, estafado y robado más marfil que todos los demás agentes juntos? Esa no era la cuestión. Lo que pasa es que era alguien dotado de muchas cualidades, y de todas sus dotes, la que sobresalía por encima de todas, la que generaba una sensación de existencia real, era su habilidad para hablar, sus palabras, el don de la oratoria, su poder de hechizar, de iluminar, de exaltar, su palpitante corriente de luz o aquel falso fluir que surgía del corazón de unas tinieblas impenetrables.

»Lancé el otro zapato al fondo de aquel río endemoniado. Pensé: "¡Dios mío! Todo ha terminado. Hemos llegado demasiado tarde; ha desaparecido. Una lanzada, un flechazo o un golpe de maza ha acabado con él. Después de todo, jamás lo oiré hablar". Existía en mi amargura una sorprendente y extraña emoción, incluso parecida a la que había notado en los aullidos de los salvajes de la selva. En cierta forma, no creo que me hubiera sentido más desolado si me hubieran despojado de una creencia o hubiese perdido la motivación para vivir. Pero, ¿quién de ustedes suspira de modo tan terrible? ¿Absurdo? Sí, es absurdo. ¡Dios mío! ¿Es que un hombre no debe…? ¡En fin! Denme un poco de tabaco…

Hubo una pausa de un profundo silencio. Luego se encendió un fósforo y apareció el rostro enjuto de Marlow, cansado, con las mejillas hundidas, surcado por arrugas que iban de arriba abajo y con los párpados caídos, con aire de estar muy concentrado. Y mientras daba vigorosas chupadas a la pipa su semblante parecía ir y venir en la noche, iluminado por el parpadeo rítmico de la llamita. El fósforo se apagó.

–¡Absurdo! –gritó–. Eso es lo peor de tratar de contarles… Todos ustedes están aquí muy tranquilos en un viejo barco bien anclado. Tienen una carnicería a la vuelta de la esquina, un policía en la otra, un apetito excelente y una temperatura normal. ¿Me oyen? Normal, del principio al final del año. ¡Y dicen ustedes que es absurdo! Amigos míos, ¿qué se puede esperar de un hombre que, presa del más puro nerviosismo, acaba de arrojar por la borda un par de zapatos nuevos? Cuando lo pienso ahora, lo sorprendente es que no me pusiera a llorar. Por lo general, estoy orgulloso de mi entereza, pero la idea de haber perdido el inestimable privilegio de escuchar a Kurtz, tan lleno de virtudes, me hería en lo más hondo. Desde luego estaba equivocado. El privilegio me estaba aguardando. ¡Oh sí! Tuve oportunidad de oír más que suficiente. Y al mismo tiempo estaba en lo cierto: una voz, era poco más que una voz. Lo oí (a él) y a la voz (su voz), otras voces…, todos eran apenas algo más que voces. El mismo recuerdo que guardo de aquella época me rodea, como el eco mortecino de una inmensa alegría, absurda, atroz, sórdida, salvaje o sencillamente mezquina y totalmente carente de sentido. Voces, voces, incluso ahora la muchacha…

Se quedó un buen rato en silencio.

– Finalmente exorcicé el fantasma de su talento con una mentira –comenzó a decir de repente–. ¡La muchacha! ¿Qué? ¿He mencionado a una muchacha? ¡Oh! Ella está por completo al margen de todo. Ellas, quiero decir las mujeres, están afuera o deberían estarlo. Debemos ayudarlas a que permanezcan en su propio mundo; no sea cosa que vayan a empeorar el nuestro. Había que dejarla al margen. Si ustedes hubiesen oído decir a ese cadáver desenterrado que era Kurtz: "Mi prometida", habrían percibido de una forma directa hasta qué punto se hallaba ella lejos de todo. ¡Y el orgulloso hueso frontal del señor Kurtz! Dicen que a veces el cabello continúa creciendo, pero este, ¡hum!, espécimen estaba impresionantemente calvo. La selva le había pasado la mano por encima de la cabeza y, fíjense bien, era como una bola, una bola de marfil. Lo había acariciado y lo había blanqueado. La selva lo había cautivado, amado, abrazado, se le había infiltrado en las venas, había consumido su cuerpo y fundido su alma con la suya a través de las inconcebibles ceremonias de alguna iniciación diabólica. Lo había convertido en su favorito, mimado y malcriado. ¿Marfil? Supongo que sí. Montones, pilas de marfil. La vieja cabaña de barro reventaba de él. Cualquiera hubiera pensado que no quedaba un solo colmillo en todo el país, ni bajo tierra ni en la superficie. "La mayor parte es fósil", dijo despectivamente el director. No era más fósil de lo que pueda serlo yo, pero él le atribuía esa característica a todo lo que había estado enterrado. Parece ser que los negros ocasionalmente entierran los colmillos, a pesar de que es evidente que no pudieron enterrar el cargamento a la suficiente profundidad como para salvar al dotado señor Kurtz de su destino. Llenamos el vapor y una buena cantidad tuvimos que apilarla en la cubierta. De esa forma pudo verlo y disfrutarlo a placer, ya que el gusto por semejante privilegio lo acompañó hasta el final. Tendrían que haberle oído decir: "Mi marfil". Yo le escuché: "Mi prometida, mi marfil, mi estación, mi río, mi…", todo le pertenecía. Aquello me hacía contener la respiración esperando que la selva estallara en una carcajada ensordecedora capaz de cambiar de lugar las estrellas fijas. Todo le pertenecía…, pero eso era lo de menos. Lo importante era saber a quién pertenecía él, cuántos poderes de las tinieblas lo reclamaban como suyo. Aquella reflexión producía verdaderos escalofríos. Era imposible imaginárselo y, además, tampoco le hacía a uno ningún bien el intentarlo. Había ocupado una importante posición entre los demonios de la tierra. Y lo digo literalmente. Ustedes no lo entienden. ¿Cómo podrían comprenderlo con un suelo firme bajo los pies y rodeados de vecinos amables dispuestos a abrazarlos y aplaudirlos, adelantándose con delicadeza entre el carnicero y el policía e imbuidos de un temor reverencial hacia los escándalos, la horca, los manicomios? ¿Cómo podrían ustedes imaginar las regiones primigenias a las que pueden llevar los pasos de un hombre cuando los mueve la soledad, la soledad más absoluta, sin un solo policía o el silencio, un completo silencio, donde no se oye la voz amiga de un amable vecino hablando suavemente acerca de la opinión pública? Esas pequeñas cosas pueden constituir una enorme diferencia. Cuando desaparecen, uno tiene que echar mano de su propia fuerza innata, de su integridad. Desde luego, es posible que se sea demasiado estúpido hasta para malograrse, demasiado tonto incluso para darse cuenta de que las fuerzas de las tinieblas se le están viniendo encima a uno. De eso no tengo dudas: ningún tonto le vendió nunca su alma al diablo, será porque el tonto es demasiado tonto o el demonio demasiado demonio, no sé cuál de las dos cosas. También es posible que uno sea una criatura tan elevada como para ser ciego y sordo ante todo lo que no sean visiones y sonidos celestiales. En tal caso, la tierra no es más que un lugar de paso y, si es para bien o para mal no seré yo quien lo diga. Pero la mayoría no somos ni una cosa ni la otra. Para nosotros la tierra es un sitio donde vivir, en el que tenemos que acostumbrarnos a soportar sonidos, imágenes y ¡olores por Dios!; donde tenemos que respirar el aire viciado por un hipopótamo muerto, por así decirlo, y no contaminarnos. Es ahí, ¿es que no se dan cuenta?, donde entran en juego tus fuerzas innatas, la fe en tu habilidad para cavar agujeros discretos en los que enterrar todo eso, tu capacidad de dedicarte con ahínco, no a ti mismo, sino a una tarea oscura y fatigosa. Solo eso ya es bastante difícil. Les aseguro que no intento disculparle, ni nada parecido. Solo trato de ponerme en el lugar de... del señor Kurtz, de la sombra del señor Kurtz. Aquel espectro surgido tras los confines de la nada me honró con su asombrosa confianza antes de desvanecerse por completo. Y lo hizo porque conmigo podía hablar en inglés. El Kurtz original había sido educado en parte en Inglaterra y, como él mismo tenía el valor de reconocer, sus simpatías estaban depositadas en el sitio correcto. Su madre era medio inglesa y su padre medio francés. Toda Europa contribuyó en la creación y educación de Kurtz. Más tarde supe que la Sociedad para la Eliminación de las Costumbres Salvajes le había confiado, con gran acierto, la elaboración de un informe que les serviría de guía en el futuro. Y él lo escribió. Lo he visto. Lo he leído. Estaba lleno de vibrante elocuencia pese a que, desde mi punto de vista, contenía demasiada crispación. Diecisiete páginas de escritura apretada que había llenado en sus momentos libres. Pero aquello seguramente fue antes de que le fallaran los nervios y lo llevaran a presidir, a medianoche, ciertas ceremonias que culminaban en horrorosos rituales y que, por lo que a duras penas pude deducir de lo que oí en varias ocasiones, eran ofrecidos en su honor. ¿Comprenden lo que les digo? En honor del propio señor Kurtz. Era una obra hermosa, aunque ahora, cuando lo veo a la luz de revelaciones posteriores, el primer párrafo, me parece siniestro. Comenzaba argumentando que, dado el grado de desarrollo que nosotros, los blancos, habíamos alcanzado, "les debe parecer [a los salvajes] que nuestra naturaleza es de índole sobrenatural, nos acercamos a ellos investidos de los poderes de un Dios", y proseguía, "mediante el simple ejercicio de nuestra voluntad podemos disponer de un poder prácticamente ilimitado y orientado a la consecución del bien", etcétera, etcétera. A partir de ese punto el tono se elevaba y me vi arrastrado por él. El discurso era magnífico, pero también difícil de recordar. Hizo que imaginara una exótica inmensidad gobernada por una benevolencia augusta y que me estremeciera entusiasmado. Era el poder ilimitado de la elocuencia, de las palabras nobles y ardientes. No había ninguna indicación práctica que interrumpiera el mágico torrente de frases, a no ser que una especie de nota al pie de la última página, escrita evidentemente más tarde con mano insegura pudiera considerarse la explicación de un método. Era muy sencilla y, luego de aquella llamada a todo tipo de sentimientos altruistas, brillaba ante uno como un relámpago en un cielo sereno: "Exterminar a todos los salvajes". Lo curioso era que parecía haber olvidado por completo la existencia de aquella valiosa posdata porque más tarde, cuando en cierta forma volvió en sí, me rogó encarecidamente que pusiera "Mi panfleto" (así lo llamaba) a buen recaudo, ya que estaba seguro de que en el futuro tendría una gran influencia en su carrera. Dispuse de mucha información acerca de todo aquello y además resultó que yo fui el encargado de conservar vivo su recuerdo. Ya he hecho lo suficiente como para tener el derecho indiscutible de dejarlo descansar por toda la eternidad en el tacho de la basura del progreso, junto con todos los desechos y todos los cadáveres que la civilización guarda en el armario, si tal fuera mi deseo. Pero ya ven, no tengo elección. No debe ser olvidado. Fuese lo que fuese, no era un ser común. Tenía el poder de hechizar o asustar a los seres más primitivos para que bailaran una danza mágica y macabra en su honor. También fue capaz de llenar con recelos amargos las almas míseras de los peregrinos. Tuvo al menos un amigo devoto y conquistó un alma en este mundo que ni era rudimentaria ni estaba corrompida por el egoísmo. No, no puedo olvidarlo, aunque tampoco puedo afirmar que mereciera la pena perder una vida por llegar hasta él. Yo extrañaba terriblemente a mi timonel, lo echaba de menos incluso cuando su cuerpo aún yacía en la casilla. Tal vez les resulte extraño tanto pesar por un salvaje sin más importancia que un grano de arena en un Sahara negro. Pero, ¿es que no se dan cuenta?, él había hecho algo, había gobernado el timón, durante meses lo tuve a mi espalda, una ayuda, un instrumento. Era una suerte de camarada. Llevaba el timón para mí, yo tenía que cuidar de él, sus deficiencias me preocupaban. Así se había creado un frágil vínculo de cuya existencia no me di cuenta hasta que, de pronto, se quebró. La íntima profundidad de la mirada que me echó cuando resultó herido ha quedado grabada hasta hoy en mi memoria como una súplica de un parentesco lejano hecha en un momento supremo.

»¡Pobre tonto! Solo con que no hubiera tocado la ventana… No podía quedarse quieto, exactamente igual que Kurtz, era como una hoja movida por el viento. En cuanto me puse un par de zapatillas secas lo arrastré afuera, pese a que antes le saqué la lanza del costado, operación que debo confesar que realicé con los ojos cerrados. Los talones saltaron a la vez el pequeño escalón de la puerta, sus hombros me oprimían el pecho, lo abrazaba con desesperación desde atrás. ¡Pesaba mucho! ¡Mucho! Más de lo que hubiera podido imaginar que pesara hombre alguno. Luego, sin más contemplaciones, lo tiré por la borda. La corriente se lo llevó como si fuera una brizna de hierba y vi cómo el cuerpo daba un par de vueltas antes de desaparecer de mi vista para siempre. Todos los peregrinos y el director se habían congregado en la cubierta junto a la cabina del timonel y parloteaban unos con otros como una bandada de urracas alborotadas, y hubo un murmullo escandalizado por el despiadado proceder. No llego a entender para qué querían tener el cuerpo dando tumbos por ahí. Quizás pretendieran embalsamarlo. Oí también otro rumor, mucho más amenazador, procedente de la cubierta inferior. Mis amigos leñadores también se habían escandalizado y con mayor razón. Aunque debo reconocer que el motivo en sí mismo era bastante inadmisible. ¡Sí, bastante! Yo había decidido que si alguien había de comerse a mi difunto timonel, fueran los peces. En vida no había sido más que un timonel de segunda categoría, pero ahora estaba muerto y podía convertirse en una tentación de primera clase y ser la causa de algunos trastornos serios. Además, estaba deseando ponerme al mando, pues el hombre del pijama rosa había resultado ser desesperadamente ineficaz para aquel trabajo.

»Fue lo que hice en cuanto acabó el sencillo funeral. Íbamos a media velocidad, manteniéndonos en mitad de la corriente, y me puse a escuchar las conversaciones que se daban a mis espaldas. Habían dejado de hablar de Kurtz y de la estación; Kurtz debía estar muerto, la estación había sido incendiada, etcétera, etcétera. El peregrino pelirrojo estaba fuera de sí con la idea de que al menos el pobre Kurtz había sido vengado como es debido. "¡Caramba! Debemos haber hecho una magnífica matanza entre los matorrales. ¿Eh? ¿No creen? ¿Eh?". El pequeño peregrino pelirrojo literalmente sediento de sangre. ¡Y eso que había estado a punto de desmayarse cuando vio al herido! No pude evitar decirle: "Por lo menos han producido una humareda magnífica". Yo había visto, por el modo en el que crujían y saltaban por los aires las copas de los arbustos, que casi todos los disparos habían ido demasiado alto. No es posible dar en el blanco a menos que uno apunte y dispare apoyando el arma en el hombro, y aquellos tipos disparaban apoyándola en la cadera y cerrando los ojos. Yo sostenía, y con razón, que la retirada la había ocasionado los pitidos del silbato del vapor. Al oír aquello, se olvidaron de Kurtz y comenzaron a desgañitarse aullando protestas de indignación. El director estaba junto al timón murmurando con tono confidencial que, en cualquier caso, era necesario alejarse todo lo posible río abajo antes de que oscureciese, cuando a cierta distancia en la orilla del río vi un claro y el contorno de una especie de edificio. "¿Qué es eso?", pregunté. Él aplaudió lleno de asombro: "La estación", exclamó. En el acto, acerqué el vapor a la orilla, aun avanzando a media velocidad. A través del catalejo vi la ladera de una colina libre por completo de maleza y con algunos extraños árboles desperdigados por ella. En la cima había un gran edificio en ruinas medio tapado por la hierba. Desde lejos se podían ver los boquetes negros del tejado puntiagudo, y la selva y el bosque oficiaban de decorado. No se veía ni cerca ni valla de ninguna especie pero, al parecer, había existido una, ya que cerca de la casa quedaban media docena de delgados postes colocados en fila, labrados de forma tosca, cuyos extremos estaban adornados con bolas talladas. Las tablas que debían ir de poste a poste habían desaparecido. Desde luego, la selva lo rodeaba todo. La orilla del río estaba despejada y junto al agua vi a un hombre blanco que usaba un sombrero que parecía una rueda de carro y nos hacía señas sin cesar con el brazo. Al examinar el lindero del bosque de arriba abajo me pareció casi con seguridad ver movimientos, figuras humanas deslizándose aquí y allá. Pasamos de largo con prudencia, mandé a detener las máquinas y dejé que la corriente arrastrara el vapor río abajo. El hombre de la orilla comenzó a gritar animándonos a desembarcar. "Nos han atacado", gritó el director. "Lo sé, lo sé, no hay problema", contestó el otro, gritando tan animado como puedan imaginarse. "Vengan, todo va bien. No saben cuánto me alegro".

»Su aspecto me recordaba algo gracioso que ya había visto en algún otro lugar. Mientras maniobraba para atracar el vapor me preguntaba a mí mismo: "¿A qué me hace acordar ese tipo?". De repente me di cuenta. Parecía un arlequín. Sus ropas eran de no sé qué material, tal vez un tejido rústico de lino, pero estaban cubiertas de remiendos por todas partes, remiendos de colores vivos: azul, rojo y amarillo, remiendos en la espalda, en la pechera, en los codos y en las rodillas. También tenía una tira de colores alrededor de la chaqueta y ribetes morados en la parte inferior de los pantalones. La luz del sol le daba un aspecto por demás alegre y a la vez acicalado de una forma maravillosa, ya que se notaba el esmero con el que habían sido cosidos todos los remiendos. Su cara lampiña, de aspecto infantil, resultaba muy agradable, sin rasgos que llamaran la atención: pequeños ojos azules y nariz pelada. Las sonrisas y las expresiones ceñudas se sucedían en su rostro cándido como el sol y la sombra en una llanura barrida por el viento. "¡Tenga cuidado, capitán!", exclamó, "Anoche tiraron allí un tronco". "¡Qué! ¿Otro tronco?". Confieso que blasfemé de un modo vergonzoso. A modo de corolario de un viajecito encantador había estado a punto de agujerear el tullido vapor. El arlequín de la orilla volvió su chata nariz hacia mí. "¿Usted es inglés?", preguntó deshaciéndose en sonrisas. "¿Y usted?", grité desde el timón. La sonrisa desapareció y movió la cabeza como lamentando mi decepción. Luego se animó nuevamente. "¡No se preocupe!", gritó alentándome. "¿Llegamos a tiempo?", pregunté. "Él está ahí arriba", respondió, señalando con un movimiento de cabeza hacia la colina y adoptando de repente un aspecto sombrío. Su cara era como el cielo en otoño, encapotado un momento y despejado el siguiente.

»Cuando el director, escoltado por los peregrinos armados hasta los dientes, se fue hacia la casa, el tipo subió a bordo. "Oiga, esto no me gusta nada. Esos salvajes siguen en la espesura", le dije. Con la mayor seriedad me aseguró que estaba todo en orden. "Son gente sencilla", agregó. "Bueno, me alegro de que hayan venido. Me ha costado mucho tiempo alejarlos". "¡Pero si acaba de decirme que no había peligro!", le espeté. "Oh, no pretendían hacerles daño", dijo, y como me quedé mirándolo atónito, se corrigió: "Bueno, no exactamente". Luego agregó animado: "¡Mi Dios, la cabina del timonel sí que necesita una buena limpieza!". Acto seguido me aconsejó que mantuviera la suficiente presión en la caldera como para utilizar el silbato en caso de que se suscitara algún problema. "Un buen pitido les será a ustedes de más utilidad que todos sus rifles". E insistió: "Son gente sencilla". Charlaba de forma incansable y a una velocidad tal que me hacía sentir un tanto abrumado. Daba la impresión de que quería recuperar el tiempo perdido luego de haber pasado muchos días en silencio y, de hecho, insinuó que eso era lo que le ocurría. "¿No habla usted con el señor Kurtz?", le pregunté. "Con ese hombre no se habla: se lo escucha", exclamó muy exaltado. "Pero ahora...". Hizo un gesto con el brazo, y en un abrir y cerrar de ojos se halló sumido en el más profundo desaliento. Se rehízo de inmediato, se puso en pie de un salto, se apoderó de mis manos y me las estrechó mientras decía con torpeza: "Hermano marino... honor... placer... encantado... presentarme... ruso... hijo de un arcipreste... Gobierno de Tambov... ¿Qué? ¡Tabaco! ¡Tabaco inglés, el excelente tabaco inglés! Eso es fraternidad ¿Fumar? ¿Dónde se ha visto un marino que no fume?".

»La pipa lo tranquilizó y poco a poco fui sabiendo que se había escapado de la escuela, se había embarcado en una nave rusa, se había vuelto a escapar, y durante un tiempo sirvió bajo bandera inglesa. Insistió mucho en que ahora se había reconciliado con el arcipreste. "Pero cuando se es joven uno debe ver mundo, adquirir experiencia, ideas, ampliar horizontes". "¿Aquí?", lo interrumpí. "¡Nunca se sabe dónde! Aquí hallé al señor Kurtz", dijo juvenil, lleno de solemnidad y de reproche. Luego, intenté no volver a interrumpirlo. Al parecer, había persuadido a una casa comercial holandesa de la costa para que lo equiparan con víveres y mercancías, y se había encaminado sin mayor preocupación hacia el interior sin tener más idea que un niño de lo que pudiera ocurrirle. Había vagado casi dos años por el río, aislado de todo y de todos. "No soy tan joven como parezco, tengo veinticinco años", me dijo. "Al comienzo el viejo Van Shuyten me quería mandar al diablo", contaba regodeándose, "pero me pegué a él y le hablé y le hablé. Creo que finalmente le dio miedo de que pudiera continuar hablando hasta el día del Juicio Final, así que me dio unas baratijas, unas pocas armas y me dijo que esperaba no volver a ver mi cara en su vida. ¡Ah, el bueno de Van Shuyten, ese viejo holandés! Hace un año le envié un pequeño cargamento de marfil para que cuando vuelva no me considere un ladronzuelo.

Espero que lo haya recibido. De lo demás no me preocupo. Dejé algo de leña apilada para ustedes. Aquella era mi antigua casa. ¿La vieron?".

»Le di el libro de Towson. Hizo ademán de besarme, pero se contuvo. "El único libro que me quedaba, pensé que lo había perdido", dijo mirándolo extasiado. "Ya se sabe: cuando uno viaja solo ocurren muchos accidentes. Algunas veces se agujerean las canoas, otras hay que salir pitando cuando la gente se enoja", dijo mientras pasaba las hojas con el pulgar. "¿Usted hizo anotaciones en ruso?", le pregunté. Él asintió con la cabeza. "Pensé que estaban escritas en clave", le dije. Se rio, luego se puso serio y dijo: "Me costó mucho trabajo mantener a raya a esa gente". "¿Querían matarlo?", le pregunté. "¡Oh, no!", gritó y se detuvo. "¿Por qué nos atacaron?", continué. Dudó un poco y un tanto avergonzado dijo: "No quieren que él se vaya". "¿Ah, no?", inquirí con curiosidad. Asintió con una expresión llena de misterio y prudencia. "Ya se lo he dicho", exclamó, "ese hombre ha ampliado mis horizontes". Abrió los brazos y se me quedó mirando fijamente con sus pequeños ojos azules, que tenían una redondez perfecta.

III

—Me lo quedé mirando sin poder salir de mi asombro. Ahí estaba, con su traje de colores, como si acabara de desertar de una compañía de saltimbanquis, fabuloso y pletórico de entusiasmo. Su mera existencia era inexplicable, poco probable y desconcertante por completo. Un problema sin solución. Resultaba inconcebible que hubiera sobrevivido, que se las hubiera arreglado para llegar tan lejos, que hubiese conseguido continuar allí. Que no desapareciera tan pronto. "Fui un poco más lejos", decía, "luego otro poco, hasta que estuve tan lejos que ya no sé si regresaré algún día. No importa. Ya habrá tiempo para ello. Me las arreglaré. Usted llévese pronto, pronto a Kurtz". El hechizo de la juventud envolvía sus harapos multicolores, su miseria, su soledad, la permanente desolación de sus vagabundeos carentes de sentido. Durante meses, durante años, nadie habría dado un centavo por su pellejo, y ahí estaba, valeroso, despreocupado y vivo. Indestructible, a juzgar por las apariencias, en virtud tan solo de sus pocos años y su irreflexiva audacia. Me produjo una sensación parecida a la admiración, a la envidia. Aquel hechizo era lo que lo hacía seguir adelante, lo que lo mantenía ileso. Solo le pedía a la selva espacio para respirar y continuar su camino. Lo único que necesitaba era vivir y seguir hacia delante con el máximo posible de riesgos y privaciones. Si alguna vez existió un ser humano gobernado por el más desinteresado, puro y despreocupado espíritu de aventura, fue sin duda aquel muchacho cubierto de remiendos. Casi sentí envidia por la posesión de esa llama limpia y modesta. Parecía haber consumido en él todo pensamiento acerca de sí mismo hasta tal punto que, incluso cuando te hablaba, olvidabas que era él, el hombre que estaba ante tus ojos, quien había pasado por todo aquello. Sin embargo, no le envidiaba su devoción por Kurtz. No había meditado acerca de eso. Se había encontrado con ella y la había aceptado con una suerte de fatalismo vehemente. Debo decir que a mí me resultaba la más peligrosa de todas las cosas que le habían ocurrido.

»Se habían unido de modo inevitable, como dos barcos anclados uno junto al otro que terminan rozándose por sus bordes. Supongo que Kurtz necesitaba un auditorio porque, cierta vez en la que estaban acampando en la selva, habían estado hablando o, lo que es más probable, Kurtz se había pasado la noche hablando. "Hablamos acerca de todo", dijo como extasiado por el recuerdo. "Hasta me olvidé de dormir. La noche pareció durar menos de una hora. ¡De todo! ¡De todo! También del amor". "¡Ah, le habló del amor!", le dije bastante divertido. "No es lo que usted cree", gritó casi con pasión. "Habló en términos generales. Me hizo ver cosas... cosas".

»Levantó los brazos. En ese momento estábamos en cubierta y el jefe de mis leñadores, que holgazaneaba por allí, volvió hacia él sus ojos densos y brillantes. Observé a mi alrededor y, no sé por qué, pero les aseguro que nunca, nunca antes la tierra, el río, la selva, la mismísima bóveda del cielo abrasador, me habían parecido tan desesperados y oscuros, tan inaccesibles para el pensamiento, tan implacables ante la fragilidad humana. Le dije: "Por supuesto, desde entonces siempre ha estado usted con él...".

»Por el contrario, parece que su relación se había interrumpido en varias oportunidades por diversos motivos. Se las había arreglado, tal y como me informó lleno de orgullo, para cuidar a Kurtz en dos ocasiones en las que estuvo enfermo (aludía a ello como ustedes lo harían al referirse a una peligrosa hazaña). Pero, por norma, Kurtz vagaba en soledad, lejos, en lo profundo de la selva. "En muchas ocasiones, al llegar a la estación, tenía que aguardar varios días para que apareciera. ¡Ah, pero valía la pena esperar!, a veces...". "¿Qué es lo que hacía? ¿Explorar o qué?", le pregunté. "Oh, sí, por supuesto. Llegó a descubrir muchos pueblos y también un lago". No sabía con exactitud en qué dirección. Resultaba peligroso preguntar demasiado, aunque la mayoría de las expediciones habían sido en busca de marfil. "¡Pero en aquel tiempo carecía de mercancías con las que comerciar!", objeté. "Incluso ahora quedan un buen montón de cartuchos", contestó apartando la mirada. "Para hablar claro: se dedicaba a asolar la región", le dije. Asintió con la cabeza. "¡No lo haría él solo, supongo!". Murmuró algo sobre los pueblos que había alrededor del lago. "Kurtz se las arregló para que la tribu lo acompañara, ¿es eso, no?", le pregunté.

»Se intranquilizó un poco. "Ellos lo adoraban", dijo. El tono de aquellas palabras era tan extraño que lo miré inquisitivamente. Resultaba raro observar aquella mezcla suya de desgano e impaciencia por hablar de Kurtz. Ese hombre llenaba su vida, ocupaba sus pensamientos y dominaba sus emociones. "¿Qué esperaba usted?", estalló. "Llegó aquí con el trueno y el rayo, ¿sabe? Ellos jamás habían visto nada parecido, ni tan terrible. Él podía ser realmente terrible. No se puede juzgar al señor Kurtz como se lo haría con un hombre común y corriente. ¡No, no, no! Mire, solo para que se haga una idea, no me importa decírselo, un día quiso pegarme un tiro a mí también, pero yo no lo juzgo por eso". "¡Pegarle un tiro!", grité. "¿Por qué?". "Yo tenía un pequeño lote de marfil que me había dado el jefe de un poblado vecino. De vez en cuando cazaba para ellos, ¿sabe? El caso es que Kurtz lo quería y no estaba dispuesto a atender razones. Afirmó que me mataría, a menos que se lo diera y me fuera de la región, pues nada en la tierra le impedía matar a quien quisiera y cuando se le viniera en gana. ¡Y tenía toda la razón! Le di el marfil. ¡Qué podía importarme! Pero no me fui. No, no podía abandonarlo. Desde luego, tuve que andarme con cuidado por algún tiempo, hasta que volvimos a ser amigos. Entonces, padeció su segunda enfermedad. Después de eso tuve que quitarme de en medio. Pero no me importaba. Él vivía la mayor parte del tiempo en aquellos poblados junto al lago. Cuando volvía al río, unas veces me trataba bien, otras tenía que tomar precauciones. Aquel hombre sufría demasiado. Odiaba todo esto, pero por alguna razón no podía dejarlo. Cuando tenía ocasión, le rogaba que intentara marcharse mientras estuviera a tiempo; me ofrecí a regresar con él. Me decía que sí, pero luego se quedaba, salía otra vez a buscar marfil, desaparecía durante semanas, se olvidaba de sí mismo entre aquella gente. Se olvidaba de sí mismo, ¿sabe?".

»"Debía estar loco", le dije. Protestó indignado. El señor Kurtz no podía estar loco. Si lo hubiera oído hablar un par de días antes, no se me ocurriría insinuar semejante cosa. Mientras conversábamos, yo había agarrado mis prismáticos y enfoqué hacia la orilla, recorriendo con la vista el lindero del bosque a cada lado y por detrás de la casa. El hecho de saber que había seres humanos en aquella espesura, tan tranquila y silenciosa como la casa en ruinas de la colina, me intranquilizaba. En la faz de la naturaleza no quedaba ni rastro de la asombrosa historia que, más que relatada, había sido evocada ante mí por medio de exclamaciones desoladas y encogimientos de hombros, de frases interrumpidas, de insinuaciones que finalizaban en profundos suspiros. La selva estaba imperturbable como una máscara, opresiva como la puerta cerrada de una cárcel, observaba con ese aire suyo de discernimiento misterioso, de paciente espera, de inabordable silencio. El ruso me explicaba que hacía poco tiempo que Kurtz había venido hasta el río acompañado por todos los guerreros de la tribu del lago. Se había ausentado durante varios meses, supongo que estaría haciéndose adorar, y había llegado de forma inesperada para llevar a cabo, según todos los indicios, una incursión aguas abajo o al otro lado del río. Evidentemente, sus deseos de conseguir más marfil habían acabado con... ¿cómo podría decirlo?... sus aspiraciones menos materiales. Sin embargo, de repente se puso mucho peor. "Oí decir que estaba postrado y desvalido, así que me arriesgué y vine hasta aquí", dijo el ruso. "¡Oh, está mal, muy mal!".

»Dirigí los binoculares hacia la casa. No se veían señales de vida, pero allí estaban el tejado arruinado y la larga pared de barro asomando por encima de la hierba, con tres pequeñas ventanitas cuadradas de diferentes tamaños. Todo como si estuviera al alcance de mi mano. Entonces hice un movimiento brusco y uno de los postes que quedaban del desaparecido cerco se introdujo en el campo de visión de mis binoculares. Recordarán que les dije que, desde lejos, me habían impresionado ciertos intentos de decoración bastante notables dado el ruinoso aspecto del lugar. Ahora, de repente, pude verlo más de cerca y mi primera reacción fue echar la cabeza hacia atrás como si me hubieran golpeado. Luego, fui muy despacio de poste a poste con los prismáticos y me di cuenta de mi error. Aquellos bultos redondeados no eran decorativos sino simbólicos. Eran expresivos y enigmáticos, sorprendentes y perturbadores, alimento para el pensamiento y para los buitres, si hubiera habido alguno observando desde el cielo. Y por supuesto también para las hormigas que eran lo bastante laboriosas como para trepar por el poste. Las cabezas de las estacas habrían tenido un aspecto aún más impresionante si no hubieran estado con el rostro vuelto hacia la casa. Solo una, la primera que llegué a distinguir, miraba hacia donde yo estaba. No me sobresalté tanto como pudieran imaginar, el movimiento hacia atrás que hice no fue más que un salto de sorpresa. Yo esperaba ver una bola de madera, ya me entienden. Volví deliberadamente a enfocar los binoculares a la primera que había visto. Ahí estaba: negra, seca, hundida, con los párpados caídos. Una cabeza que parecía dormir en lo alto del poste y además sonreía, con los labios encogidos y secos que dejaban ver una blanca y estrecha fila de dientes, sonreía sin cesar en mitad de algún alegre e interminable sueño, en un descanso eterno.

»No estoy revelando ningún secreto comercial. De hecho, el director dijo más tarde que los métodos del señor Kurtz habían sido la ruina de aquella región. No tengo una opinión formada acerca de eso, pero lo que quiero que comprendan con claridad es que el que aquellas cabezas estuvieran allí no era algo precisamente provechoso. Solo ponían en evidencia que el señor Kurtz carecía de freno a la hora de satisfacer sus diversos apetitos, que estaba falto de algo, de algún pequeño detalle, que se echaba de menos cuando surgía una necesidad apremiante. No sé si él era consciente o no de ese defecto. Creo que tan solo llegó a darse cuenta al final, en el último momento. Pero la selva lo entendió antes y se cobró una venganza terrible por tan fantástica invasión. Creo que le susurró cosas que desconocía acerca de sí mismo, cosas que no había ni siquiera imaginado hasta que comenzó a atender a los consejos de aquella enorme soledad. El susurro había resultado ser fascinante hasta un extremo irresistible. Resonó con fuerza en su interior porque tenía el corazón hueco. Bajé los prismáticos y la cabeza que había creído tener lo bastante cerca como para poder hablar con ella pareció alejarse de pronto de mí, de un salto, a una distancia inaccesible.

»El admirador del señor Kurtz se encontraba un poco cabizbajo. Me aseguró con voz apurada y confusa que no se había atrevido a quitar aquellos, llamémoslos, símbolos. No es que tuviera miedo de los salvajes, ellos no se atreverían a efectuar un solo movimiento sin que Kurtz se lo ordenara. Su influencia sobre ellos era extraordinaria. Los campamentos de aquella gente rodeaban el lugar y los jefes venían a verlo a diario. Se arrastraban... "No quiero saber nada acerca de las ceremonias efectuadas para acercarse al señor Kurtz", grité.

»Es curioso cómo me invadió la sensación de que ese tipo de detalles resultarían más intolerables que las cabezas secándose en las estacas bajo las ventanas del señor Kurtz. Después de todo, aquella era tan solo una visión salvaje y yo parecía haber sido transportado de golpe a una oscura región de sutiles horrores en la que el salvajismo en estado puro, sin más complicaciones, constituía un verdadero alivio, ya que era algo con un evidente derecho a existir sobre la faz de la tierra. El joven me miró con sorpresa. Supongo que no se le pasó por la cabeza que para mí el señor Kurtz no era ningún ídolo. Olvidaba que yo no había oído ninguno de esos espléndidos monólogos acerca de, ¿qué era?, el amor, la justicia, el modo de conducirse en la vida y otras cosas por el estilo. Si había habido que arrastrarse ante el señor Kurtz, él lo había hecho tanto como el más salvaje de todos ellos. Dijo que yo no tenía ni la menor idea de las circunstancias: esas cabezas eran cabezas de rebeldes. Mi risa lo ofendió extraordinariamente. ¡Rebeldes! ¿Cuál sería la próxima definición que oiría? Había oído hablar de enemigos, criminales, trabajadores… Y ahora me tocaba escuchar acerca de los rebeldes. Las díscolas cabezas me parecieron muy sumisas en sus estacas.

»"Usted no sabe a qué clase de pruebas somete una existencia semejante a un hombre como Kurtz", gritó su último discípulo. "Bueno, ¿y usted?", le pregunté. "¡Yo! ¡Yo! Yo soy un hombre sencillo. No tengo grandes ideas ni quiero nada de nadie. ¿Cómo puede compararme con…?". Estaba demasiado emocionado para hablar y de repente se vino abajo. "No lo comprendo", gimió, "he hecho todo lo que he podido para mantenerlo con vida y eso es suficiente. No tengo nada que ver. Carezco de talento. Durante meses no hemos tenido ni una gota de medicina ni un bocado de comida decente. Lo abandonaron vergonzosamente. A un hombre como él, con sus ideas. ¡Vergonzosamente! ¡Vergonzosamente! Yo no he dormido durante las últimas diez noches".

»Su voz se perdió en la calma del atardecer. Mientras hablábamos, las amplias sombras de la selva se habían deslizado colina abajo. Habían ido más allá de la casucha en ruinas y habían sobrepasado la simbólica hilera de estacas. Todo estaba en penumbra excepto nosotros, que continuábamos allí abajo, a la luz del sol, y el tramo de río que había enfrente del claro, que brillaba con un tranquilo y deslumbrante resplandor entre dos recodos tenebrosos cubiertos de sombras. En la orilla no se veía ni un alma. En los arbustos no se movía una hoja.

»De repente, de detrás de una esquina de la casa y como si hubieran brotado del suelo, apareció un grupo de hombres. Vadearon el mar de hierba hundidos hasta la cintura formando un grupo compacto y llevando en el medio una camilla improvisada.

En ese mismo instante un grito se elevó en la soledad del paisaje y su estridencia traspasó el aire inmóvil igual que una flecha puntiaguda que volara en línea recta hacia el mismísimo corazón de la tierra. Como por encanto, la selva sombría y pensativa vertió en el claro un torrente de seres humanos desnudos, con lanzas en la mano, arcos y escudos, de mirada feroz y salvajes movimientos. Los arbustos temblaron, la hierba se cimbreó durante un rato y luego todo quedó en calma, sumido en una expectante inmovilidad.

»"Bueno, si ahora él no les dice lo que debe decirles, estamos todos perdidos", soltó el ruso junto a mi hombro. El grupo de hombres que llevaba la camilla también se había detenido, como petrificado, a mitad de camino. Vi cómo el sujeto de la camilla se levantaba un poco, alto y enjuto, con un brazo elevado, apoyado en los hombros de los porteadores. "Esperemos que el hombre que es capaz de hablar tan bien acerca del amor en general encuentre ahora alguna razón particular para salvarnos", dije.

»Me irritaba en extremo el absurdo peligro de nuestra situación, como si estar a merced de aquel fantasma feroz hubiera sido una necesidad deshonrosa. No podía oír ningún sonido, pero a través de los binoculares vi su brazo delgado extendido imperiosamente y su mandíbula inferior moviéndose. Los ojos de aquel espectro refulgían lóbregos hundidos en la cabeza huesuda, que se movía con grotescas sacudidas. Kurtz... Kurtz... eso significa "corto" en alemán, ¿no es así? Pues bien, el nombre resultaba tan certero como todos los demás hechos de su vida... y de su muerte. Parecía medir unos cinco o seis pies de estatura, la manta que lo cubría se había caído y su cuerpo emergía de ella, descarnado y lastimoso, como de una mortaja. Pude ver su caja torácica con las costillas bien marcadas y cómo se balanceaban los huesos de su brazo. Fue como si una imagen animada de la muerte, tallada en marfil antiguo, hubiera estado agitando a modo de amenaza los brazos ante una multitud de hombres hechos de bronce oscuro y reluciente.

Lo vi abrir mucho la boca, lo que le otorgaba un aspecto extrañamente voraz, como si quisiera tragarse todo el aire, toda la tierra, todos los hombres que tenía enfrente. Una voz profunda llegó sin fuerza hasta mí. Debía estar gritando. De pronto, cayó hacia atrás. La camilla experimentó una sacudida cuando los porteadores se tambalearon de nuevo hacia delante. Casi de manera simultánea, me di cuenta de que la masa de salvajes se estaba desvaneciendo sin que fuera perceptible ningún movimiento de retirada, como si la espesura que había arrojado de forma tan sorpresiva a aquellos seres estuviera recogiéndolos de nuevo, igual que se toma aliento con una larga inspiración.

»Algunos de los peregrinos que iban detrás de la camilla llevaban armas: dos escopetas, un rifle pesado y una carabina ligera de repetición; los rayos de aquel lastimero Júpiter. El director se inclinaba sobre él, murmurando, mientras caminaba a su misma altura. Lo acostaron en uno de los camarotes; solo había lugar para una cama y un par de sillas de campaña, ya saben. Le habíamos llevado su correspondencia atrasada y un montón de sobres rasgados y de cartas abiertas estaban desparramados por encima de la cama. Su mano recorría sin fuerza aquellos papeles. Me impresionaron mucho el fuego de sus ojos y la serena languidez de su expresión. No parecía que el agotamiento que le producía la enfermedad fuera tan grande. No tenía aspecto de estar sufriendo. Aquella sombra parecía tranquila y satisfecha, como si de momento todos sus apetitos estuvieran saciados.

»Agitó una de las cartas y, mirándome fijamente a la cara, dijo: "Me alegro". Alguien le había escrito acerca de mí. Otra vez hacían su aparición las recomendaciones especiales. El volumen y el tono de su voz, que emitía sin esfuerzo aparente, casi sin preocuparse de mover los labios, me maravillaron. ¡Qué voz! Era grave, profunda, vibrante, y eso que el hombre parecía incapaz de emitir ni un susurro. Sea como fuere, tenía fuerzas suficientes, aunque sin duda fingidas, para estar a punto de acabar con nosotros, tal como oirán ahora.

»El director apareció en el umbral sin hacer ruido, yo salí en el acto, y él entró y corrió la cortina detrás de mí. El ruso, observado con curiosidad por los peregrinos, miraba fijamente hacia la playa. Seguí la dirección de su mirada.

»A lo lejos, podían distinguirse oscuras formas humanas que entraban y salían subrepticiamente del tenebroso borde de la selva y, cerca del río, había dos figuras de bronce apoyadas sobre lanzas altas bajo la luz del sol y con fantásticos gorros de piel moteada. Tenían aspecto de guerreros, pero conservaban un reposo estatuario. De derecha a izquierda, a lo largo de la orilla iluminada, se movía una mujer salvaje y deslumbrante como una aparición.

»Caminaba con pasos mesurados, envuelta en una tela rayada con flecos, pisando la tierra con orgullo, con el ligero tintineo y los reflejos de sus bárbaros adornos. Mantenía la cabeza erguida y el cabello peinado en forma de casco, anillos de bronce hasta la rodilla, pulseras del mismo material hasta el codo, un lunar carmesí en la tostada mejilla e innumerables collares con cuentas de cristal al cuello. Objetos extraños, amuletos, ofrendas de los hechiceros, pendían por doquier, refulgían y temblaban a cada paso. Encima, debía llevar el valor de varios colmillos de elefante. Salvaje y soberbia, de ojos feroces, magnífica, había algo majestuoso y amenazador en su lento andar. Sumida en el silencio que había caído de repente sobre la tierra afligida, la inmensa selva, esa masa colosal de vida fecunda y misteriosa, parecía observarla pensativa, como si estuviera mirando la imagen de su propia alma tenebrosa y apasionada.

»Llegó frente al vapor y se detuvo de cara hacia nosotros. Su larga sombra llegaba hasta el borde del agua. Su rostro tenía un aspecto feroz y trágico en el que se mezclaban un pesar enorme y un dolor sordo con el temor hacia alguna decisión a medio formular que pugnaba por abrirse paso. Se nos quedó mirando inmóvil, semejante a la propia selva, con aire de estar meditando amargamente acerca de algún propósito inescrutable. Transcurrió un minuto entero y entonces dio un paso adelante: un leve tintineo, un brillo del metal dorado, una oscilación de sus ropajes ribeteados y se detuvo como si las piernas no le respondiesen. El joven a mi lado gruñó. Los peregrinos murmuraron detrás de mí. Nos miró a todos como si su existencia dependiera de la firmeza inquebrantable de su mirada. De repente, abrió los brazos desnudos y los levantó rígidamente sobre la cabeza como dominada por un deseo incontrolable de tocar el cielo. Al mismo tiempo, leves tinieblas extendiéndose con rapidez desde la tierra, recorrieron el río y envolvieron al vapor en un abrazo oscuro. Un silencio impresionante dominaba toda la escena.

»Se dio la vuelta con lentitud y continuó andando por la orilla hasta llegar a los arbustos que había a la izquierda. Tan solo una vez más nos miraron sus ojos relucientes desde la oscuridad de la espesura. Después, desapareció en ella.

»"Si hubiera insistido en subir a bordo, creo sinceramente que habría intentado matarla", dijo de modo nervioso el hombre de los remiendos. "Llevo quince días arriesgando mi vida a diario para mantenerla alejada de la casa. Un día entró y armó un escándalo por esos miserables harapos que tomé del almacén para remendar mi ropa. No le pareció honrado. Al menos creo que debió ser eso, porque estuvo una hora hecha una furia hablando con Kurtz y señalándome de cuando en cuando. No entiendo el dialecto de la tribu. Imagino que aquel día Kurtz estaba demasiado enfermo como para preocuparse por eso, por suerte para mí, porque si no habría tenido dificultades. No lo entiendo… No. Es demasiado para mí. Bueno, ahora ya pasó todo".

»En ese momento oí la profunda voz de Kurtz detrás de la cortina: "¡Salvarme! Salvar el marfil, querrá decir. No me diga. ¡Salvarme! Pero si he sido yo quien ha tenido que salvarlo a usted. Se está entrometiendo en mis planes. ¡Enfermo! ¡Enfermo! No tanto como le gustaría pensar. No importa. Pese a todo, llevaré a cabo mis proyectos. Regresaré. Le demostraré lo que se puede hacer. Usted y sus mezquinas ideas. Se está interponiendo en mi camino. Regresaré. Yo…".

»El director salió. Me hizo el honor de tomarte del brazo y llevarme aparte. "Está muy débil, muy débil", me dijo. Le pareció necesario suspirar, pero olvidó mostrarse afligido. "Hemos hecho por él todo lo que estaba a nuestro alcance, ¿no es cierto? Pero no podemos ocultar el hecho de que el señor Kurtz ha causado más daño que provecho para la compañía. No se dio cuenta de que la ocasión no estaba madura para actuar de forma tan enérgica. Prudencia, prudencia..., ese es mi lema. Todavía debemos ser cautelosos. Esta región quedará vedada para nosotros por algún tiempo. ¡Es deplorable! En conjunto, el comercio se va a resentir. No negaré que hay una considerable cantidad de marfil, fósil en su mayor parte. Debemos ponerlo a buen recaudo cueste lo que cueste. Pero ya ve lo precario de nuestra situación. ¿Y por qué? Por haber utilizado un método equivocado". "¿Usted llama a esto 'un método equivocado'?", dije yo mirando hacia la orilla. "Sin duda", exclamó con vehemencia. "¿Usted no?".

»"Yo no veo que haya ningún método", murmuré al cabo de un rato. "En efecto", dijo triunfante. "Yo había previsto esto. Demuestra una total falta de juicio. Mi obligación es hacerlo saber en los lugares oportunos. "¡Oh!", exclamé yo, "ese tipo... ¿cómo era que se llamaba?, el fabricante de ladrillos, él podrá redactar un buen informe". Por un momento, pareció desconcertado. Yo tenía la impresión de no haber respirado nunca una atmósfera tan envilecida y recurrí mentalmente a Kurtz en busca de alivio. Estoy diciendo la verdad: en busca de alivio. "Sin embargo, a mí me parece que el señor Kurtz es un hombre notable", dije solemne. Se sobresaltó, me echó una mirada fría y dura, y dijo en voz muy baja: "Lo era". Y se dio vuelta, ofreciéndome la espalda. Había dejado de caerle en gracia. De repente me hallé arrumbado junto a Kurtz en el grupo de los partidarios de unos métodos para los que la ocasión no estaba madura. ¡Yo equivocado y perturbado! ¡Ah!, pero poder, por lo menos, elegir mis propias pesadillas significaba ya mucho para mí.

»En realidad, yo había optado por la selva y no por Kurtz, quien tengo que admitir que para mí era como si ya estuviese bajo tierra. Por un instante, me pareció como si yo también estuviera enterrado en una enorme tumba pletórica de secretos inconfesables. Experimentaba una insoportable opresión en el pecho, el olor a tierra húmeda, la presencia invisible de la victoriosa podredumbre, las tinieblas de una noche impenetrable... El ruso me propinó un golpecito en el hombro. Lo escuché tartamudear y hablar entre dientes sobre "un marino hermano... no pude ocultar... conocimiento de cosas que podrían afectar a la reputación del señor Kurtz". Aguardé. Resultaba evidente que para él el señor Kurtz no estaba con un pie en la tumba. Sospecho que para él formaba parte de la raza de los inmortales. "¡Bien!", dije finalmente, "hable claro. Tal y como están las cosas, puede decirse que en cierto sentido soy amigo de Kurtz".

»Explicó con muchas formalidades que, de no haber ejercido ambos "la misma profesión", habría guardado para sí todo el asunto sin preocuparse por las consecuencias. Sospechaba que existía una clara y activa mala voluntad hacia él por parte de aquellos hombres blancos que... "Está usted en lo cierto", le dije, recordando cierta conversación que había tenido oportunidad de escuchar. "El director opina que usted debería ser colgado". Al oír aquella confidencia, mostró una preocupación que al principio me resultó divertida. "Más me vale quitarme con discreción de en medio", dijo con la mayor seriedad. "Ahora ya no puedo hacer nada más por Kurtz y ellos no tardarán en hallar un pretexto. ¿Qué podría detenerlos? Hay un puesto militar a trescientas millas de aquí". "Bueno, a mi entender tal vez haría usted mejor marchándose, en caso de que tenga algún amigo entre los salvajes de ahí fuera". "Muchos", dijo, "son gente sencilla y yo no necesito nada, ¿sabe?". Se quedó de pie mordiéndose el labio y a continuación dijo: "Por supuesto, no quiero que les suceda nada malo a esos blancos de ahí. Pero estaba pensando en la reputación del señor Kurtz, aunque usted es un marino hermano y...". "De acuerdo", dije al cabo de un rato, "la reputación del señor Kurtz se encuentra a salvo en lo que a mí se refiere". No era consciente de hasta qué punto era cierto lo que dije.

»Bajando la voz, me informó de que había sido Kurtz quien había ordenado que se llevara a cabo el ataque contra el vapor. "A veces odiaba la idea de que se lo llevaran y luego volvía a..., pero yo no entiendo de estas cosas. Pensó que se asustarían y retrocederían, que lo darían por muerto y abandonarían la búsqueda. No pude detenerlo. Oh, el último mes ha sido terrible para mí". "Muy bien", dije, "ahora él está bien". "Sí", murmuró, no muy convencido aparentemente. "Gracias", dije yo, "mantendré los ojos bien abiertos". "Pero silencio... ¿eh?", me instó lleno de ansiedad. "Sería horrible para su reputación que alguien...". Con mucha gravedad, le prometí discreción absoluta. "Tengo una piragua y tres negros aguardándome no muy lejos de aquí. Me voy. ¿Podría darme unos cuantos cartuchos Martini-Henry?" Podía, y lo hice con la debida reserva. Él mismo tomó un puñado de mi tabaco mientras me guiñaba el ojo. "Entre marinos, ya sabe, buen tabaco inglés". Al llegar a la puerta de la garita del piloto se dio la vuelta. "Oiga, ¿no tendrá un par de zapatos que le sobren?". Levantó una pierna. "Mire". Las suelas estaban atadas a modo de sandalias con cuerdas anudadas bajo sus pies desnudos. Desenterré un par viejo que miró con admiración antes de ponérselo bajo el brazo izquierdo. Uno de sus bolsillos (de color rojo chillón) estaba repleto de cartuchos, del otro (azul oscuro) asomaba la *Investigación acerca de...* etcétera, etcétera, de Towson. Parecía convencido de estar particularmente bien equipado para un nuevo encuentro con la selva. "¡Ah! Nunca, nunca volveré a encontrar un hombre así. Usted debería haberlo oído recitar poesía, su propia poesía, según me dijo. ¡Poesía!". Puso los ojos en blanco al rememorar aquellas delicias. "¡Oh, él amplió mis horizontes!". "Adiós", le dije. Me dio la mano y se esfumó en la noche. A veces me pregunto si en verdad llegué a verlo en alguna ocasión, si es posible que haya existido un fenómeno semejante.

»Cuando desperté, poco después de la medianoche, me vinieron a la mente su advertencia y la insinuación de un peligro que, en medio de la oscuridad estrellada, parecía lo bastante real como para hacer que me levantara a dar un vistazo. En la colina ardía una gran hoguera que iluminaba intermitentemente una de las esquinas curvas del edificio de la estación. Junto al marfil, uno de los agentes montaba guardia con una patrulla de negros armados. Sin embargo, en lo profundo de la selva, unas chispas rojas que fluctuaban, que parecían hundirse y elevarse desde el suelo entre formas confusas semejantes a columnas de intensa negrura, mostraban la posición exacta del campamento donde los adoradores del señor Kurtz mantenían su intranquila vigilia. El monótono ritmo de un gran tambor llenaba el aire de sordos estremecimientos con una prolongada vibración. Un sonido similar a un zumbido persistente, producido por un gran número de hombres que cantaban para sí algún conjuro sobrenatural, salía de detrás de la negra y uniforme muralla vegetal, igual que el zumbido de las abejas de una colmena, y producía sobre mis sentidos adormilados un extraño efecto narcótico. Creo que me quedé medio dormido apoyado en la barandilla hasta que me despertó el estallido inesperado de un griterío, la explosión irresistible de un frenesí misterioso y reprimido que me dejó tan asombrado como desconcertado. De pronto se cortó, y el débil zumbido siguió y produjo un efecto de un silencio sofocado y tranquilizador. De casualidad, eché una mirada al interior de la caseta. Dentro de ella ardía una luz, pero el señor Kurtz no estaba allí.

»Supongo que hubiera lanzado un grito de haber dado crédito a mis ojos. Pero al principio no pude creer lo que veía. Me pareció imposible. Lo cierto es que estaba por completo acobardado, presa de un terror puro y profundo, de un pánico perfectamente abstracto sin conexión alguna con ninguna forma tangible de peligro físico. Lo que convertía aquella emoción en algo tan abrumador era... ¿cómo explicarlo?... la conmoción moral que me produjo, como si algo completamente monstruoso, intolerable de concebir y odioso para el espíritu se me hubiera venido encima de repente. Desde luego, solo duró una ínfima fracción de segundo, después el peligro mortal de todos los días y la habitual sensación que produce, la posibilidad de ser atacados de repente y de que se produjera una masacre o algo por el estilo, que yo adivinaba inminentes, fueron tranquilizadora y favorablemente recibidos. De hecho, me calmé hasta un punto tal que no di la voz de alarma.

»A unos tres pies de donde yo estaba había un agente embutido en un sobretodo abrochado hasta el último botón, que dormía en una silla sobre la cubierta. Los gritos no lo habían despertado, roncaba ligerísimamente; lo dejé que disfrutara de sus sueños y salté a tierra. No traicioné al señor Kurtz, estaba escrito que jamás lo traicionaría, que sería leal a la pesadilla que había elegido. Quería entendérmelas por mí mismo con aquella sombra. Aún hoy sigo sin entender por qué no quería compartir con nadie la peculiar negrura de aquella vivencia.

»Tan pronto como llegué a la orilla vi un rastro, un ancho rastro a través de la hierba. Recuerdo con qué júbilo me dije a mí mismo: "No puede andar, se está arrastrando en cuatro patas, ya lo tengo". La hierba estaba húmeda por el rocío. Yo avanzaba rápido dando grandes zancadas con los puños apretados. Supongo que tenía la vaga idea de caerle encima y darle una paliza. No lo sé. Se me pasaron muchas estupideces por la cabeza. La vieja tejiendo con el gato en el regazo se interponía en mi memoria como la persona sumamente inadecuada para estar al otro extremo de un asunto como aquel. Vi una fila de peregrinos disparando chorros de plomo con los Winchesters apoyados en la cadera. Pensé que nunca volvería al vapor, y me imaginé a mí mismo viviendo solo y desarmado en medio de la selva hasta una edad avanzada. Esa clase de tonterías, ya saben. Recuerdo que confundía el sonido del tambor con los latidos de mi corazón y que me agradaba su tranquila regularidad.

»Me mantuve siguiendo el rastro, luego me detuve a escuchar. La noche era muy clara, un espacio azul oscuro en el que brillaban el rocío y la luz de las estrellas, y en el que las formas de color negro permanecían inmóviles. Me pareció percibir algo que se movía delante de mí. Estaba extrañamente seguro de todo aquella noche. Incluso abandoné el rastro y corrí describiendo un amplio semicírculo (creo que iba riéndome de mis propias argucias) para colocarme delante de aquella agitación, de aquel movimiento que había visto, si es que en realidad había visto algo. Estaba cercando a Kurtz como si se tratara de un juego infantil.

»Llegué hasta donde estaba él y, de no haber sido porque oyó que me acercaba, lo hubiera atrapado. Logró levantarse a tiempo. Se incorporó vacilante, alto, pálido, confuso, como un vaho exhalado por la tierra y se tambaleó un poco ante mí, vaporoso y callado. Mientras tanto, a mi espalda, se vislumbraban las hogueras entre los árboles y de la selva salía el murmullo de un gran número de voces. Le había cortado el paso con mucha habilidad pero, al enfrentarme en verdad con él, pareció como si recobrara el buen juicio. Comprendí la verdadera magnitud del peligro, que aún no había pasado ni mucho menos. ¿Y si comenzaba a gritar? Pese a que apenas era capaz de tenerse en pie, todavía quedaba mucho vigor en su voz.

»"Váyase de aquí, escóndase", dijo en aquel tono profundo. Era realmente terrible. Miré de reojo hacia atrás. Estábamos a unas treinta yardas de la hoguera más cercana. Una figura negra, de pie sobre unas piernas negras y largas, balanceaba sus negros y largos brazos en el resplandor. Llevaba unos cuernos, de antílope diría yo, en la cabeza. No cabía duda de que se trataba de algún brujo, de un hechicero; tenía un aspecto realmente demoníaco. "¿Usted sabe lo que está haciendo?", le susurré. "Perfectamente", contestó elevando la voz para decir esa única palabra. Me pareció fuerte y al mismo tiempo muy lejana, como un grito a través de un megáfono. "Si arma un escándalo, estamos perdidos", pensé para mí. Resultaba evidente que no era un asunto como para resolverlo a puñetazos, incluso dejando de lado la repugnancia instintiva que me producía golpear a aquella sombra, a aquel ser errabundo y atormentado. "Se perderá usted, se perderá completamente", murmuré. Fue uno de esos destellos de inspiración que tiene uno tiene de cuando en cuando. La verdad es que dije la cosa adecuada, incluso aunque él no podía perderse más de lo que se encontraba en aquel preciso momento en el que se estaban poniendo los cimientos de nuestra íntima amistad, para durar... para durar... hasta el fin... e incluso aún más.

»"Yo tenía grandes planes", murmuró indeciso. "Sí", dije yo, "pero como intente gritar le aplastaré la cabeza con...". No había ni palos ni piedras cerca de allí. "Lo estrangularé", me corregí. "Estaba en el umbral de grandes cosas", se quejó con voz anhelante y un tono tan melancólico que hizo que la sangre se me helara en las venas. "Y ahora por culpa de ese canalla estúpido...". "De cualquier manera, su éxito en Europa está asegurado", afirmé con serenidad. Ya comprenderán que no quería tener que estrangularlo y, además, hacerlo habría sido algo carente de toda utilidad práctica. Yo hacía todo lo que estaba a mi alcance por romper el hechizo, el encanto mudo y poderoso de la selva, que parecía arrastrarlo hacia su implacable seno despertando en él instintos brutales y olvidados, y el recuerdo de pasiones monstruosas y satisfechas. Estaba convencido de que solo eso lo había hecho dirigirse hacia el borde, hacia la maleza, hacia el resplandor de las fogatas, el latido de los tambores, el zumbido de los conjuros sobrenaturales. Solo eso había llevado su espíritu carente de moral más allá de los límites permitidos para cualquier ambición. ¿No se dan cuenta? Lo espantoso de aquella situación no era que pudieran partirme la cabeza, a pesar de que también tenía muy presente ese peligro, sino el hecho de que me veía obligado a entendérmelas con un ser ante el que no podía apelar a ningún sentimiento, ya fuera elevado o bajo. Como los negros, debía invocarlo a él, a él mismo, a su propia, exaltada e increíble degradación. No existía nada por encima ni por debajo de él y yo lo sabía. Se había desprendido de la tierra. ¡Maldito sea! Había pateado la tierra hasta hacerla añicos. Estaba solo y, ante él, yo no sabía si pisaba tierra firme o si flotaba en el aire. Les he estado contando lo que nos dijimos, repitiéndoles las frases que pronunciamos, pero, ¿qué sentido tuvo todo ello? Eran frases vulgares, cotidianas, los sonidos vagos y familiares que intercambiamos todos los días de nuestra vida. Pero, ¿y qué? Para mí poseían el terrible poder de sugestión que tienen las palabras oídas en sueños, las frases que se dicen en las pesadillas. ¡Un alma! Si alguien alguna vez se ha debatido con un alma, ese soy yo. Y no es que estuviera discutiendo con un lunático. Créase o no, su inteligencia continuaba siendo lúcida, concentrada con una terrible intensidad sobre sí mismo, es verdad, pero clara y despejada. Y en ella residía mi única oportunidad, con excepción, claro está, de matarlo allí en aquel mismo instante, lo cual, teniendo en cuenta el ruido que inevitablemente produciría, no resultaba lo más recomendable. Sin embargo, su alma estaba loca. Al hallarse solo en la selva había mirado dentro de sí mismo y, ¡cielos!, puedo afirmar que había enloquecido. Tuve que pasar por la dura prueba (supongo que a causa de mis pecados) de mirar yo mismo en su interior. Ningún tipo de elocuencia habría podido tener un efecto tan devastador sobre la propia fe en la humanidad como lo tuvo su último estallido de sinceridad. Él se debatía también consigo mismo. Yo lo vi, lo oí. Fui testigo del inconcebible misterio de un alma que no conocía freno, fe, ni miedo alguno y que, no obstante, luchaba ciegamente consigo misma. Me las arreglé bastante bien para conservar la calma pero, cuando lo dejé tendido en su cama y me enjugué la frente, me temblaban las piernas como si hubiera llevado una tonelada encima de mis espaldas colina abajo. Y eso que solo le serví de apoyo mientras descansaba su brazo huesudo en mi cuello. No era mucho más pesado que un niño.

»Cuando al día siguiente partimos al mediodía, la multitud, de cuya presencia yo había tenido tan viva conciencia todo el tiempo, emergió nuevamente de la selva, llenó el claro, y cubrió la ladera con una masa de cuerpos desnudos y bronceados que respiraban y se estremecían. Avancé un poco y después viré para ponernos a favor de la corriente. Dos mil ojos siguieron las evoluciones y los chapoteos del enorme y feroz demonio del río que golpeaba el agua con su terrible cola y resollaba lanzando humo negro al aire. Delante de la primera fila, tres hombres, embadurnados de pies a cabeza con tierra de un rojo intenso, se contoneaban de aquí para allá sin descanso. Cuando llegamos de vuelta hasta ellos estaban con el rostro vuelto hacia el río, pateando el suelo, balanceando sus cuerpos purpúreos; agitaban en dirección al feroz demonio un manojo de plumas negras y una piel sarnosa con una cola colgando, que parecía una calabaza seca. Juntos gritaban de cuando en cuando sartas de palabras que no se parecían a ningún sonido del lenguaje humano. Los profundos murmullos de la multitud, que de pronto se interrumpían, eran como las respuestas a alguna diabólica letanía.

»Habíamos llevado a Kurtz a la cabina del piloto: allí había más aire. Tumbado en su lecho, miraba fijamente por los postigos abiertos. Se hizo un remolino en la masa de cuerpos humanos, y la mujer del cabello en forma de casco y las mejillas tostadas se abrió paso de prisa hasta la misma orilla. Extendió las manos, gritó alguna cosa, y toda la muchedumbre se hizo eco de su grito con un rugiente coro y un quejido jadeante, rápido y claro.

»"¿Entiende lo que dicen?", le pregunté.

»Prosiguió mirando hacia fuera, más allá de donde yo me encontraba, con ojos ardientes y vehementes, con una expresión en la que se mezclaban la tristeza y el odio. No emitió respuesta alguna, pero pude ver cómo aparecía una sonrisa, una sonrisa de significado indefinible, en sus desvaídos labios, que un momento después se crisparon de forma compulsiva. "¿Que si lo entiendo?", dijo con lentitud, ahogándose, como si las palabras le hubieran sido arrancadas por algún poder sobrenatural.

»Tiré del cordón de la sirena porque vi que, en cubierta, los peregrinos sacaban sus rifles como anticipando la llegada de un pichoncito inocente. El súbito pitido produjo un movimiento del más abyecto terror entre la apretada masa de hombres "¡No! No los espante", gritó desconsolado alguno de los de cubierta. Tiré varias veces del cordón. Se separaban, corrían, saltaban, se acurrucaban, se agachaban, esquivaban el volátil terror de aquel sonido. Los tres sujetos de rojo habían caído de bruces y yacían al borde del agua con la cara contra el suelo, como si les hubieran pegado un tiro. Tan solo aquella mujer bárbara y magnífica no vaciló en lo más mínimo y extendió de forma trágica los brazos hacia nosotros, sobre el río sombrío y lustroso.

»Entonces, aquella imbécil multitud de la cubierta empezó su pequeña diversión y no pude ver nada más a causa del humo.

»La corriente marrón fluía con rapidez desde el corazón de las tinieblas, llevándonos río abajo en dirección al mar, al doble de velocidad que la del viaje en sentido inverso. La vida de Kurtz también se escapaba con rapidez desintegrándose en el mar del tiempo inexorable. El director estaba muy tranquilo, ya no tenía ninguna inquietud vital, y nos toleraba a ambos con mirada comprensiva y satisfecha. El asunto se había resuelto de la mejor manera que se podía desear. Yo veía acercarse la hora en que me quedaría solo debido a mi apoyo al método equivocado. Los peregrinos me miraban con desaprobación. Me incluían, por así decirlo, entre los muertos. Resulta extraño cómo acepté aquella familiaridad imprevista, aquella pesadilla, que me había visto obligado a elegir en una tierra tenebrosa invadida por espectros mezquinos y codiciosos.

»Kurtz peroraba. ¡Qué voz! ¡Qué voz! Resonó con profundidad hasta el último momento. Sobrevivió a sus fuerzas para ocultar en los magníficos pliegues de su elocuencia la oscuridad estéril de su corazón. ¡Oh, luchó! ¡Luchó! Lo poco que quedaba de su fatigado cerebro ahora se veía perseguido por oscuras imágenes de fama y opulencia que giraban en actitud servil alrededor del don inextinguible de la expresión noble y sublime. Mi prometida, mi estación, mi carrera, mis ideas... Tales eran las cuestiones acerca de las que versaban sus ocasionales manifestaciones de elevados sentimientos. La sombra del Kurtz original frecuentaba la cabecera de la cama donde yacía aquella réplica vacía, cuyo destino era ser enterrada poco tiempo después en el moho de la tierra primigenia. Sin embargo, tanto el amor demoníaco como el odio sobrenatural que sentía por los misterios en los que se había adentrado pugnaban por la posesión de aquella alma saciada de emociones primitivas, ávida de fama ilusoria, de distinción fingida, de todas las apariencias del éxito y el poder.

»A veces era vilmente pueril. Deseaba encontrarse con reyes que fueran a recibirlo en las estaciones ferroviarias a su regreso de algún espantoso lugar del mundo donde tenía el proyecto de realizar grandes cosas. "Demuéstrales que hay algo en ti que es en verdad rentable y su reconocimiento por tu talento resultará ilimitado", decía. "Desde luego, hay que tener cuidado con los motivos que se elijan, siempre han de ser motivos justos". Las largas extensiones que parecían siempre la misma, los monótonos recodos, exactamente iguales unos a otros, pasaban deslizándose junto al vapor con su tropel de árboles centenarios que observaban el paso de aquel mugriento fragmento de otro mundo, una avanzada del cambio, del comercio, de matanzas, de bendiciones. Yo miraba hacia delante gobernando el timón. "Cierre los postigos", dijo un día de repente Kurtz. "No soporto ver todo esto". Lo hice. Se produjo un silencio. "¡Oh, pero todavía te arrancaré el corazón!", le gritó a la selva invisible.

»El barco se averió, tal como yo lo había previsto, y tuvimos que detenernos en la punta de una isla para hacer reparaciones. Aquel retraso fue lo primero que hizo que la confianza de Kurtz disminuyera. Una mañana me dio un paquete con papeles y una fotografía, todo atado con un cordón de zapato. "Guárdeme esto", me dijo. "Ese loco dañino es capaz de meter la nariz en mis cajones cuando yo no esté mirando". Lo vi por la tarde. Estaba tumbado sobre la espalda con los ojos cerrados, así que me retiré en silencio, pero le oí murmurar: "Vivir con rectitud, morir, morir...". Permanecí escuchando. No dijo nada más. ¿Estaba practicando en sueños un discurso o era un fragmento de una frase de algún artículo periodístico? Había sido periodista y tenía intención de volver a serlo. "Para la difusión de mis ideas. Es un deber".

»La suya era una oscuridad impenetrable. Yo lo observaba como se mira a un hombre que yace en el fondo de un precipicio donde nunca llega el sol. Pero no disponía de mucho tiempo para dedicarle porque estaba ayudando al maquinista a desarmar los cilindros dañados, a enderezar las bielas torcidas y otras cosas por el estilo. Vivía inmerso en una infernal maraña de óxido, limaduras, tuercas, clavijas, llaves, martillos, barrenos, cosas todas ellas que jamás me han gustado y que hasta me resultan detestables. Me ocupaba de la pequeña fragua que, por suerte, llevábamos a bordo. Trabajaba fatigosamente junto a un triste montón de chatarra, excepto cuando los calambres eran tan fuertes que no me dejaban seguir.

»Una noche entré a la cabina con una vela y me sobresalté al oírle decir con voz trémula: "Estoy tumbado en la oscuridad aguardando la muerte". La luz estaba a unos centímetros de sus ojos. Me obligué a mí mismo a murmurar: "¡Tonterías!". Y me quedé a su lado como transido.

»Nunca antes había visto algo semejante al cambio que sobrevino en sus facciones y espero no volver a verlo jamás. No es que me conmoviera. Me fascinó. Fue como si se hubiera rasgado un velo. Vi en su semblante de marfil una expresión de orgullo sombrío, de poder implacable, de terror pavoroso, de desesperación profunda, sin remedio. ¿Acaso rememoraba su vida en todos sus detalles de deseo, tentación y entrega, durante el supremo momento de total lucidez? Gritó con un hilo de voz ante alguna imagen, alguna visión, gritó dos veces, un grito que no era más que un suspiro:

» "¡El horror! ¡El horror!".

» Apagué la vela de un soplo y salí de la cabina. Los peregrinos estaban cenando en el comedor y yo ocupé mi asiento frente al director, quien levantó la vista para dirigirme una mirada inquisitiva que logré ignorar exitosamente. Estaba recostado, tranquilo, con aquella sonrisa suya tan peculiar que sellaba sin fisura alguna los abismos indescriptibles de su mezquindad. Una incesante lluvia de moscas pequeñas revoloteaba junto a la lámpara, encima del mantel, por nuestras manos y por nuestros rostros. De repente el muchacho del director asomó su insolente cabeza por la puerta y dijo, empleando un tono de desprecio despiadado: "Señó Kurtz... él muerto".

»Todos los peregrinos salieron precipitadamente para verlo. Yo me quedé allí y seguí cenando. Creo que me tomaron por un hombre insensible hasta un punto brutal. De todas formas, no comí demasiado. Allí dentro había una lámpara..., luz, ¿no lo comprenden?, y afuera estaba todo tan oscuro, tan terriblemente oscuro... No volví a acercarme a aquel hombre extraordinario que había pronunciado un juicio acerca de las aventuras de su alma sobre la faz de la tierra. La voz se había ido. ¿Acaso había habido allí alguna otra cosa? Aunque por supuesto me consta que, al día siguiente, los peregrinos enterraron algo en un agujero cavado en el fango.

»Luego, poco faltó para que me sepultaran a mí.

»No obstante, como ven, no me reuní entonces con Kurtz. No. Me quedé para continuar soñando aquella pesadilla hasta el final y demostrar, una vez más, mi lealtad hacia Kurtz. El destino. ¡Mi destino! Qué cómica es la vida... Todos esos preparativos con su lógica implacable y con propósitos tan fútiles. Lo más que se puede esperar de ella es cierto conocimiento de uno mismo, que llega demasiado tarde, y una cosecha inextinguible de remordimientos. Yo he luchado a brazo partido con la muerte. Es la pelea menos estimulante que se puedan imaginar. Tiene lugar en una oscuridad impalpable, sin nada bajo los pies, sin nada alrededor, sin espectadores, sin voces, sin gloria, sin grandes deseos de conseguir la victoria, sin un gran temor por la derrota, en una atmósfera enfermiza de tibio escepticismo, sin demasiada fe en tus propios derechos y aún menos en los de tu adversario. Si esa es la forma de la sabiduría última, la vida es un enigma mayor de lo que muchos piensan. Me hallaba a un paso de aquel trance y descubrí con humillación que tal vez no tenía nada que decir. Por eso afirmo que Kurtz fue un hombre extraordinario. Tenía algo que decir y lo dijo. Desde el momento en que yo mismo me había asomado al borde, comprendí mejor el significado de su mirada fija, que no podía ver la llama de la vela pero era lo bastante amplia como para abrazar el universo entero, penetrando lo suficiente en él como para introducirse en todos los corazones que laten en las tinieblas. Había recapitulado, había juzgado. "¡El horror!". Era un hombre fuera de lo común. Después de todo, aquello expresaba algún tipo de creencia. Había convicción, franqueza y una nota vibrante de rebeldía en aquel susurro, el espantoso rostro de una verdad apenas entrevista, una mezcla extraña de deseo y de odio. Y lo que mejor recuerdo no es la situación extrema que atravesé, la visión de una penumbra sin forma, llena de dolor físico y de un desprecio indiferente por lo efímero de todas las cosas, incluso del propio dolor. ¡No! Es la situación por la que él pasó la que me parece haber vivido. Es verdad que él había dado el último paso, había ido más allá del borde, mientras que a mí me había sido permitido dar un vacilante paso atrás. Quizás ahí radique toda la diferencia. Tal vez toda la sabiduría, toda la verdad y toda la sinceridad estén contenidas en ese inapreciable momento en el que cruzamos el umbral de lo invisible. ¡Quizás! Me gusta pensar que mi resumen no habría sido una palabra de desdén indiferente. Es mejor su grito. Mucho mejor. Fue una afirmación, una victoria moral conseguida al precio de innumerables derrotas, de terrores y satisfacciones abominables. ¡Pero una victoria! Por eso seguí siendo fiel a Kurtz hasta el final e incluso más allá, cuando mucho tiempo después oí nuevamente, no su propia voz, sino al eco de su magnífica elocuencia, que me era devuelto por un alma tan pura y traslúcida como un acantilado de cristal.

»No, no me enterraron, aunque hay un período que recuerdo como entre brumas, con un estremecimiento de asombro, como un paso a través de algún mundo inconcebible en el que no existían ni la esperanza ni el deseo. Nuevamente me encontré en la ciudad sepulcral, molesto ante la visión de la gente corriendo por las calles para sacarles algo de dinero a los demás, para devorar su comida infame, para tragar su cerveza malsana, para soñar sus sueños estúpidos e insignificantes. Irrumpían en mis pensamientos. Eran intrusos cuyo conocimiento de la vida me parecía de una pretensión irritante, porque estaba seguro de que era imposible que supieran lo que yo sabía. Su comportamiento, que no era otro que el de las personas normales ocupándose de sus asuntos con la absoluta certeza de que nada podría pasarles, me resultaba ofensivo como los escandalosos pavoneos de la locura frente a un peligro que no se logra comprender. No tenía ningún interés particular en demostrárselo, pero tuve que hacer esfuerzos para contenerme y no reírme en sus caras, tan llenas de estúpida importancia. Me atrevo a decir que por aquel entonces yo no me encontraba del todo bien. Vagabundeaba por las calles (tenía que arreglar varios asuntos) sonriendo con amargura a personas por completo respetables. Admito que mi comportamiento resultaba inexcusable, pero en aquellos días mi temperatura rara vez era normal. Los esfuerzos de mi querida tía para "hacerme recuperar las fuerzas" parecían no dar en el blanco. No eran mis fuerzas las que necesitaban cuidados, sino mi imaginación la que necesitaba calmarse. Conservaba el legajo que me había dado Kurtz, sin saber exactamente qué hacer con él. Su madre había muerto hacía poco, atendida, según me dijeron, por su prometida. Un hombre afeitado de manera impecable, con aire solemne y con anteojos con marco de oro fue a visitarme un día e hizo preguntas, indirectas al principio, cortésmente apremiantes después, acerca de lo que a él le gustaba llamar ciertos "documentos". No me sorprendió, porque ya allá había tenido dos discusiones con el director acerca del asunto. Me había negado a darle el más mínimo pedazo de papel del paquete y adopté idéntica actitud con el hombre de anteojos. Al final se volvió misteriosamente amenazador y arguyó muy acalorado que la compañía tenía derecho a disponer de toda la información sobre sus "territorios". Además agregó: "Dadas las grandes dotes del señor Kurtz y las deplorables circunstancias en las que se vio envuelto, debió llegar a tener un extenso y peculiar conocimiento de regiones inexploradas, por lo que...". Le aseguré que los conocimientos del señor Kurtz, aunque amplios, nada tenían que ver con los problemas del comercio o la administración. Luego invocó el nombre de la ciencia. "Sería una pérdida incalculable si..., etcétera, etcétera". Le ofrecí el informe acerca de la eliminación de las costumbres salvajes, con la posdata arrancada. Lo agarró con impaciencia, pero terminó por mirarlo desdeñoso, con aire de desprecio: "Esto no es lo que teníamos derecho a esperar", observó. "No esperen nada más", le dije. "Solo hay cartas personales".

»Se retiró dejando caer la amenaza de entablar un proceso judicial y no volví a verlo. Pero otro sujeto, que se decía primo de Kurtz, apareció dos días más tarde lleno de ansiedad por conocer todos los detalles sobre los últimos momentos de su querido pariente. Como al pasar, me dio a entender que Kurtz había sido, en esencia, un gran músico. "Tenía todo lo necesario para lograr un éxito inmenso", dijo el hombre que, según creo, era organista, y a quien el cabello lacio y gris le caía por encima del cuello mugriento de la chaqueta. Yo no tenía ningún motivo para dudar de sus afirmaciones e incluso hoy no podría decir cuál era la profesión de Kurtz, si es que tuvo alguna, ni cuál fue el mayor de sus talentos. Lo había considerado como un pintor que escribía para los periódicos o por un periodista que sabía pintar. Pero ni siquiera el primo (que no paró de tomar rapé durante toda la entrevista) pudo decirme qué es lo que había sido exactamente. Era un genio universal. En eso estaba de acuerdo con el anciano individuo, que entonces se sonó estruendosamente la nariz con un gran pañuelo de algodón y se fue lleno de turbación senil, llevándose unas cartas familiares y algunas notas sin importancia. Por último se presentó un periodista ávido por saber algo del destino que había sufrido su "querido colega". El visitante me informó de que la esfera propia de Kurtz era la política en su veta popular. Tenía cejas pobladas y rectas, cabello hirsuto y muy corto, un monóculo colgado de una cinta ancha, y, poniéndose comunicativo, me confesó que, en su opinión, Kurtz no sabía escribir. "Pero ¡Cielos! ¡Qué manera de hablar la de aquel hombre! Electrizaba a las masas. Tenía fe, ¿se da cuenta? Fe. Podía llegar a convencerse a sí mismo de cualquier cosa ¡cualquier cosa! Habría sido un excelente líder de un partido extremista". "¿De qué partido?", le pregunté. "De cualquiera", contestó el otro. "Era un... un... extremista". ¿No pensaba yo lo mismo? Asentí. ¿Sabía yo, preguntó con repentina curiosidad, "qué es lo que lo indujo a ir allí"? "Sí", dije, y al mismo tiempo le entregué el famoso informe para que lo publicara si lo consideraba conveniente. Lo hojeó apresuradamente murmurando entre dientes todo el rato, decidió que "serviría" y se marchó con su botín.

»Así finalmente me quedé con un delgado paquete de cartas y el retrato de la muchacha. Me pareció muy bella, es decir, tenía una expresión muy bella. Ya sé que es posible hacer que hasta la luz del sol resulte engañosa; sin embargo, uno tenía la sensación de que ninguna manipulación de la luz o de la pose hubiera podido comunicar a sus facciones ese delicado matiz de sinceridad. Parecía dispuesta a escuchar sin reservas, sin sospechas, sin ningún pensamiento para sí misma. Decidí que iría yo mismo a devolverle su retrato y las cartas. ¿Curiosidad? Sí y puede que también otro sentimiento. Todo lo que había pertenecido a Kurtz había pasado por mis manos: su alma, su cuerpo, su estación, sus proyectos, su marfil, su carrera. Solo quedaban su recuerdo y su prometida, y, en cierta forma, yo quería dejar también todo eso en manos del pasado, entregar en persona todo lo que me quedaba de él al olvido, que es la última palabra de nuestro común destino. No intento defenderme. No tenía una idea muy clara de qué es lo que en verdad quería. Tal vez fue un impulso inconsciente de lealtad o el cumplimiento de una de las irónicas necesidades que se esconden en los hechos de la vida humana. No lo sé y no puedo decirlo. Pero fui.

»Pensaba que su recuerdo era como los otros recuerdos de los muertos que se van acumulando en la existencia de cada hombre: una huella imprecisa dejada en el cerebro por sombras que en su paso último y rápido han acabado por quedarse en él. Pero delante de aquella puerta grande y pesada, en medio de las altas casas de una calle tan silenciosa y respetable como la alameda bien cuidada de un cementerio, lo vi de repente encima de la camilla, abriendo la boca con gesto voraz como si fuera a devorar la tierra entera con toda la humanidad. En ese momento fue como si estuviera vivo delante de mí, más vivo de lo que jamás lo había estado. Una sombra insaciable de apariencia espléndida, de realidad terrible, una sombra más oscura que las sombras de la noche, envuelta noblemente en los pliegues de su brillante elocuencia. La visión pareció entrar conmigo en la casa. La camilla, los fantasmales porteadores, la multitud salvaje de obedientes adoradores, la penumbra de la selva, el brillo de la lejanía en los lóbregos recodos, el sonido del tambor apagado y regular como el latido de un corazón, el corazón de las tinieblas victoriosas. Fue un momento de triunfo para la selva. Una irrupción vengativa e invasora que me pareció que debía guardar solo para la salvación de otra alma. El recuerdo de lo que había oído decir allá lejos, con aquellas siluetas adornadas con cuernos agitándose tras de mí en el brillo de las fogatas, en el seno de la paciente espesura, sus frases entrecortadas retornaron a mí, volví a escucharlas en toda su simplicidad siniestra y aterradora. Recordé sus súplicas abyectas, sus amenazas despreciables, la magnitud colosal de sus deseos viles, la bajeza, el suplicio, la tormentosa angustia de su alma. Más tarde me pareció ver su aspecto sosegado y lánguido cuando un día me dijo: "En realidad, ahora todo este marfil es mío. La compañía no lo ha pagado. Lo reuní yo mismo a costa de grandes riesgos personales. Sin embargo, me temo que intentarán reclamarlo como propio. Mmm... es un asunto complicado. ¿Qué piensa usted que debería hacer? ¿Resistir? ¿Eh? Yo solo quiero que se haga justicia". Solo quería que se hiciera justicia, solo justicia. Llamé al timbre delante de una puerta de caoba en el primer piso y, mientras aguardaba, él parecía mirarme fijamente desde los cristales de la puerta, observándome con aquella mirada amplia e inmensa que abarcaba, condenaba, aborrecía el universo entero. Me pareció oír aquel grito que casi fue un susurro: "¡El horror! ¡El horror!".

»Caía el crepúsculo. Tuve que esperar en un majestuoso salón con tres grandes ventanas que iban desde el suelo hasta el techo y que parecían columnas luminosas adornadas con cortinas. Las patas y los respaldos dorados y curvos de los muebles refulgían con formas retorcidas y confusas. La gran chimenea de mármol tenía una blancura fría y monumental. En un ángulo estaba ubicado, imponente, un magnífico piano con destellos oscuros en sus superficies lisas, como un sarcófago lustroso y sombrío. Se abrió una puerta, se cerró. Me puse en pie.

»Vino hacia mí, toda vestida de negro, con el semblante pálido, flotando en medio del crepúsculo. Iba de luto. Había pasado más de un año desde su muerte, desde que llegó la noticia. Parecía como si fuera a recordar y a guardar luto por siempre Tomó mis manos entre las suyas y murmuró: "Oí decir que venía usted".

»Me di cuenta de que no era demasiado joven, es decir, no era ninguna muchacha. Tenía una capacidad madura para la confianza, para el sufrimiento. El cuarto parecía haberse oscurecido como si toda la melancólica luz de aquella tarde nubosa hubiera ido a buscar refugio en su frente. Su cabellera clara, la palidez de su rostro, sus cejas delicadamente trazadas, parecían rodeados por un halo ceniciento desde el cual me observaban sus ojos oscuros. Su mirada era sencilla, profunda, confiada y leal. Llevaba la afligida cabeza muy erguida, como si estuviera orgullosa de su pesar, como si fuera a decir: "Solo yo sé llorarle como se merece". Sin embargo, mientras todavía estábamos con las manos estrechadas, vino a su cara una expresión de una desolación tan terrible que entendí que no era una de esas criaturas que se convierten en juguetes del tiempo. Para ella era como si él hubiera muerto ayer. Y,

¡por Dios!, la impresión que me produjo fue tan potente que a mí también me pareció que había muerto solo un día antes, más aún, en aquel mismo instante. Los vi juntos en ese mismo instante... la muerte de él, el dolor de ella... ¿me comprenden? Los vi juntos, los oí juntos. Ella dijo con un suspiro profundo: "He sobrevivido", y mientras tanto mis fatigados oídos parecían oír claramente el susurro que resumía la condenación eterna de él mezclado con el tono de tristeza desesperada de ella. Me pregunté qué es lo que estaba haciendo en ese lugar, con el corazón embargado por una sensación de pánico, como si me hubiera colado en un sitio lleno de misterios crueles y absurdos, insoportables para el ser humano. Me llevó hasta una silla. Tomamos asiento. Dejé con cuidado el paquete en la mesita y ella puso encima la mano. "Usted lo conocía bien", murmuró después de un momento de luctuoso silencio.

»"Allá lejos, la intimidad crece con rapidez", le dije. "Lo conocía todo lo bien que puede llegar un hombre a conocer a otro".

»"Y lo admiraba", dijo ella. "Era imposible conocerlo y no admirarlo, ¿verdad?"-

»"Era un hombre notable ", le dije, inseguro. Luego, ante la apremiante fijeza de su mirada, que parecía esperar que salieran más palabras de mis labios, continué: "Era imposible no...".

»"Amarlo", acabó la frase llena de ansiedad, dejándome sumido en un horroroso mutismo. "¡Es cierto! ¡Muy cierto! ¡Pero piense que nadie lo conocía tan bien como yo! Yo disfrutaba de toda su noble confianza. Lo conocí mejor que nadie".

»"Usted lo conoció mejor que nadie", repetí. Y es posible que fuera así. Pero con cada palabra dicha, el cuarto se iba oscureciendo y tan solo su frente, blanca y suave, continuaba iluminada por la inextinguible luz del amor y la fe.

»"Usted era su amigo", prosiguió. "Su amigo", repitió algo más alto. "Debe usted haberlo sido, ya que le confió esto y lo envió a verme. Sé que puedo hablar con usted... y, ¡oh! Necesito hablar. Quiero que usted... usted que escuchó sus últimas palabras, sepa que he sido digna de él. No se trata de orgullo. ¡Sí! De lo que me enorgullezco es de saber que yo lo entendía mejor que nadie en el mundo... Me lo dijo él mismo. Y desde que su madre murió no he tenido a nadie... a nadie... para... para...".

»Yo escuchaba. La oscuridad se hacía más profunda. Ni siquiera estaba seguro de que él me hubiera dado el paquete correcto. Tengo la firme sospecha de que lo que él había querido es que yo cuidase de otro paquete de papeles que, luego de su muerte, vi cómo examinaba el director bajo la lámpara. Y la joven hablaba, aliviando así su dolor, con la certeza de que contaba con mi compasión. Hablaba de la misma manera en que beben los sedientos. Le oí decir que su compromiso con Kurtz no había sido aprobado por su familia. No era lo suficientemente rico o algo así. Y la verdad es que no sé si no había sido pobre toda su vida. Él me había dado algunos motivos para pensar que fue la impaciencia provocada por su relativa pobreza lo que le había impulsado a ir allá.

»"¿Quién hubiera podido no convertirse en su amigo luego de haberle oído hablar tan solo una vez?", dijo ella. "Atraía a los hombres hacia él por lo mejor que había en ellos". Me miró con intensidad. "Es el don de los más grandes", continuó, y su voz grave parecía ir acompañada de todos los demás sonidos llenos de misterio, dolor y desolación que yo hubiera oído: las olas en el río, el susurro de la selva mecida por el viento, el murmullo de la muchedumbre, el débil eco de palabras incomprensibles gritadas a la distancia, el susurro de una voz hablando desde más allá del umbral de una oscuridad eterna. "¡Pero usted lo ha oído! ¡Usted lo sabe!", gritó.

»"Sí, lo sé", le dije con una especie de desesperación en el corazón, aunque inclinándome ante su fe, ante aquella ilusión magnífica y redentora que resplandecía como un fulgor sobrenatural en las tinieblas, en aquellas triunfantes tinieblas de las que yo no habría podido defenderla, de las que ni siquiera podía defenderme yo mismo.

»"¡Qué pérdida para mí! ¡Para nosotros!", se corrigió, demostrando con ello una hermosa generosidad. Luego agregó con un susurro: "Para el mundo". Los últimos rayos del crepúsculo me permitieron ver el brillo de sus ojos llenos de lágrimas, lágrimas que jamás se derramarían. "He sido muy feliz, muy afortunada, me he sentido muy orgullosa", siguió diciendo. "Demasiado afortunada. Demasiado feliz durante un tiempo. Ahora seré desgraciada de por vida".

»Se levantó. Su cabello rubio pareció capturar en un resplandor de oro la poca luz que quedaba. Yo también me puse de pie.

»"Y de todo esto", continuó con tristeza, "de toda su esperanza, su grandeza, su generosidad de espíritu, su noble corazón no queda nada… nada más que un recuerdo. Usted y yo…".

»"Siempre lo recordaremos", dije con apuro. "¡No!", gritó ella. Es imposible que todo esto se pierda, que una vida así se sacrifique para no dejar nada más que tristeza. Usted sabe los grandes proyectos que él tenía. Yo también los conocía, quizás no podía comprenderlos, pero otras personas sabían de su existencia. Algo debe quedar. Al menos sus palabras no han muerto.

»"Sus palabras permanecerán", dije yo.

»"Y su ejemplo", murmuró para sí misma. "Los hombres lo admiraban, su bondad resplandecía en cada uno de sus actos, su ejemplo…".

»"Es cierto", le dije. "También su ejemplo. Sí, su ejemplo. Me olvidaba".

»"Pero yo no. No puedo… no puedo creerlo, todavía no. No puedo creer que ya no vaya a verlo nunca más, que nadie vuelva a verlo de nuevo, nunca, nunca, nunca".

»Extendió los brazos como si tratara de asir una sombra furtiva, con las pálidas manos enlazadas a través del marchito y estrecho resplandor de la ventana. ¡No verlo nunca más! En aquel momento yo lo veía claramente. Mientras yo esté vivo veré a ese elocuente fantasma y también la veré a ella: una sombra trágica y familiar, cuyo gesto recordaba a otra, también trágica, adornada con amuletos sin poder, que extendía los brazos desnudos y bronceados por encima del reflejo de la corriente infernal, la corriente de las tinieblas. De pronto dijo en voz muy baja: "Murió como había vivido".

»"Su final", dije con una rabia sorda agitándose dentro de mí, "fue digno de su vida en todos los aspectos".

»"Y yo no estaba con él", murmuró. Un sentimiento de infinita piedad hizo que se aplacara mi rabia.

»"Todo lo que pudo hacerse…", dije entre dientes.

»"Ah, pero yo creía en él más que nadie en el mundo, incluso más que su propia madre, más que… él mismo. ¡Me necesitaba! ¡A mí! Yo hubiera atesorado cada suspiro, cada palabra, cada gesto, cada mirada…".

»Sentí una fría opresión en el pecho. "No…", dije con voz apagada.

»"Perdóneme. Yo… he padecido tanto tiempo en silencio… en silencio. ¿Usted estuvo con él… hasta el final? Pienso en su soledad. Sin nadie a su lado que lo comprendiera como yo lo hubiera hecho. Tal vez nadie que oyera…".

»"Hasta el último momento", dije tembloroso. "Oí sus últimas palabras…". Me detuve espantando.

»"Repítalas", murmuró en tono angustiado. "Quiero algo… quiero algo, algo para poder vivir".

»Estuve a punto de gritarle: "¿No las oye?". La oscuridad las repetía en un persistente susurro en torno a nosotros, un susurro que parecía aumentar, amenazador, como el primer silbido de un viento que levanta: "¡El horror! ¡El horror!".

»"Sus últimas palabras… para poder vivir con ellas", insistió. "¿No comprende que yo lo amaba…? ¡Lo amaba!".

»Procuré tranquilizarme y le hablé despacio:

»"La última palabra que pronunció fue… su nombre".

»Oí un pequeño suspiro y luego mi corazón se detuvo, se paró en seco al escuchar un grito exultante y terrible, un alarido de inconcebible triunfo y dolor indecible. "¡Lo sabía… estaba segura!". Ella lo sabía, estaba segura. La oí llorar escondiendo la cara entre las manos. Me pareció que antes de que yo pudiera escapar de allí la casa se vendría abajo y los cielos se desplomarían encima de mi cabeza. Pero no pasó nada. Los cielos no se hunden por semejante tontería. ¿Se habrían desplomado, me pregunto, si le hubiera rendido a Kurtz la justicia que merecía? ¿No había dicho que solo quería justicia? Pero no pude. No fui capaz de decírselo. Habría sido todo demasiado oscuro. Demasiado oscuro...".

Marlow se calló y se sentó aparte, silencioso, casi invisible, en la postura de un Buda meditativo. Durante un rato nadie se movió.

—Hemos desaprovechado el primer reflujo —dijo de pronto el director.

Levanté la cabeza. El mar estaba cubierto por un negro cúmulo de nubes y el tranquilo curso de agua que llevaba a los más remotos confines de la tierra fluía sombrío bajo el cielo nublado... Parecía llevar directamente al corazón de unas tinieblas inmensas.